AF568703

Klaus Kordon

Hilfe, ich will keinen Hund!

Klaus Kordon

HILFE, ICH WILL KEINEN HUND!

Mit Bildern von Lena Winkel

BELTZ
& Gelberg

Dieses Buch ist erhältlich als:
ISBN 978-3-407-81234-6 Print
ISBN 978-3-407-75797-5 E-Book (EPUB)

in der Verlagsgruppe Beltz · Weinheim Basel
Werderstraße 10, 69469 Weinheim

Lektorat: Frank Griesheimer
Einband- und Innenillustration: Lena Winkel
Einbandgestaltung: Kerstin Schürmann/formlabor
Satz: Nadine Kunde, Tim Oliver Pohl
Druck und Bindung: Beltz Grafische Betriebe, Bad Langensalza
Printed in Germany
1 2 3 4 5 6 22 21 20 19

Weitere Informationen zu unseren Autor_innen und Titeln
finden Sie unter: www.beltz.de

EIN HUND? ABER NICHT FÜR MICH!

Alles begann damit, dass Miri sich einen Hund gewünscht hat. Und das schon seit fast immer.

Wer Miri ist? Na, meine Schwester. Sie ist vier Jahre älter als ich und hält sich für viel klüger. Weil sie ja schon ein bisschen länger auf der Welt ist.

Schön doof! Als ob man Klugheit nach Jahren oder Zentimetern messen kann.

Richtig heißt sie Marie. Aber alle sagen nur Miri zu ihr. Und das gefällt ihr. Miri, sagt sie, so heißt ja sonst niemand. Maries gibt's in ihrer Klasse gleich drei.

Ich heiße Paul. Auch so heißen viele. Aber mir macht das

nichts aus. Darf nur niemand Paulchen zu mir sagen. »Paulchen« klingt nach »klein«. Und ich bin ja wirklich kein Riese. Was mir manchmal ziemlich stinkt. Wie sieben oder acht sehe ich aus – und dabei bin ich schon zehn.

Aber so schnell könnt ihr gar nicht laufen, wie ihr flitzen müsstet, wenn ihr Paulchen zu mir sagt. Nur Jessy darf das.

Jessy ist unsere Mutter. Zwar lasse ich mich auch von ihr nicht gern zum Zwergplaneten machen, aber vielleicht will sie wegen meiner kleinen Größe ja nur besonders lieb zu mir sein. Sie sagt, dass manche Kinder erst später wachsen. Hoffentlich behält sie recht.

Also: Miri wünschte sich einen Hund. Und ich? Ich wollte keinen.

Wozu denn? Um dreimal am Tag mit ihm Gassi gehen zu dürfen? Und solange er noch nicht stubenrein war, vielleicht noch öfter? Da konnte ich mir Schöneres vorstellen. Hab ich auch immer wieder gesagt. Aber auf mich hört ja keiner.

Und Miri ließ einfach nicht locker. Sah sie irgendwo einen Köter, der ihr gefiel, fing sie jedes Mal von Neuem an: Nie wieder wollte sie zu Weihnachten oder zum Geburtstag etwas geschenkt bekommen, sie wollte nur endlich einen eigenen Hund haben.

Schon als sie noch ganz klein war, soll das so gewesen sein. Weil es – ich konnte zu der Zeit noch nicht mal richtig laufen – damals eine Fernsehserie gab, in der ein Hund die Hauptrolle spielte. Vier Kinder erlebten mit ihm immer wieder irgendwelche Abenteuer. Miri durfte die Serie kucken, weil jede Folge nur eine halbe Stunde dauerte. Und da verliebte sie sich in den Hund – und wollte auch so einen haben. »Ich will einen Hund-Hund-Hund!«, soll sie immerzu gesagt und dabei manchmal sogar mit dem Fuß aufgestampft haben.

Ein Hund hätte damals aber nur gestört, wie Jessy mir mal erzählt hat. Miri und ich machten ihr schon genug Arbeit und unsere Wohnung war nicht gerade groß. Zwar bekam Miri dann doch noch einen Hund, der genauso aussah wie der aus der Fernsehserie, aber der war nur aus Stoff.

Was das für ein Hund war, in den Miri sich verliebt hatte? – Ein Mittelschnauzer, ganz schwarz, lustig und verspielt.

Den Stoffhund, okay, den liebte Miri auch bald. Aber lustig und verspielt war der nun gerade nicht. Doch musste er wenigstens nicht Gassi geführt werden. Den ganzen Tag lag er auf Miris Bett und kuckte sie mit dunklen Knopfaugen an. Und wenn wir irgendwo hinfuhren, nahm Miri ihn mit und hielt ihn fest, als wollte ihr den jemand klauen.

Na ja, das weiß ich alles nur, weil es mir erzählt wurde. Aber an die Poster, die Miri sich über ihr Bett gehängt hatte, erinnere ich mich noch genau. Auf jedem war ein schwarzer Mittelschnauzer abgebildet. Einer sprang über einen bunten Ball, einer machte Männchen, weil ihm ein Leckerli hingehalten wurde, einer schmuste mit einem kleinen, blonden Jungen. – Nur gut, dass ich nicht dieser Junge bin, dachte ich immer. Der Gedanke, dass mir so ein Köter das Gesicht ableckte – wie eklig!

Waren alles nur Reklame-Poster von einer Firma, die Hundefutter herstellte. Jessy hatte sie Miri mitgebracht, weil dort, wo sie arbeitet, ja auch Werbeplakate gedruckt werden.

Jedenfalls roch schon damals in Miris Zimmer alles nach Hund, auch wenn sie noch gar keinen hatte. Um Miri zu ärgern, hielt ich mir oft die Nase zu. Andere Mädchen pinnten sich Fotos von irgendwelchen Musik- oder Filmstars übers Bett, Miri aber stand auf Hunde. Und schwarz mussten sie sein und einen Schnauzbart haben.

Miri und ich wurden größer – und der echte, lebendige Hund, mit dem Miri von morgens bis abends hätte kuscheln und tuscheln können, blieb ihr Lieblingstraum. Aber das nur bis voriges Jahr. Da war ich dann schon neun und Miri dreizehn Jahre alt. Und irgendwie, so fand ich, war meine Kindheit damit vorbei. Und schuld daran war Mo.

Mo ist unser Vater. Eigentlich heißt er ja Moritz, aber alle, die ihn nicht Herr Billib nennen, sagen Mo zu ihm.

Mo hatte in seiner Firma gekündigt.

Warum?

Weil er seinen Nebenberuf endlich zum Hauptberuf machen wollte.

Was Mos neuer Hauptberuf ist?

Er erfindet Spiele. Aber nicht solche, bei denen man vor dem Computer sitzt, bis einem der Rücken wehtut. – Er erfindet *Brettspiele*. Würfelspiele. Mit Rausschmeißen und Vorrücken und so. Jede Menge Schikanen müssen da rein,

DER EHRLICHE HERR KRUMMBIEGEL

Und wo bekamen wir Miris Hund her? Das war nun die große Frage. Es sollte ja nicht irgendeiner, sondern eine ganz bestimmte Rasse sein – ein Mittelschnauzer, ganz schwarz, lustig und verspielt. Also genau so einer wie der aus der Fernsehserie, die Miri so oft gekuckt hatte. Ein Zwergschnauzer wäre ihr zu klein, ein Riesenschnauzer zu groß gewesen.

Wen Jessy und Mo auch fragten, alle sagten sie dasselbe: Junge Hunde dürfe man auf gar keinen Fall in einem Zoogeschäft kaufen oder – noch schlimmer! – im Internet bestellen. Es gebe eine Menge Leute, die nur Geld mit ihnen verdienen wollten. Ob ihre Tiere gesund aufwüchsen, kümmere diese Typen nicht. Und so was dürfe man doch nicht auch noch unterstützen.

Nein, wer es richtig machen will, der muss zu einem ehrlichen Züchter gehen; einen, der seine Tiere liebt. Das sagten nicht nur Mo und Jessys Freunde, das sagte auch Miri, die sich gleich ein dickes Hundebuch gekauft hatte, um vom ersten Tag an alles richtig zu machen.

Jessy fand es trotzdem besser, erst mal das Tierheim anzurufen. Dort gebe es so viele alleingelassene Hunde, die nur darauf warteten, endlich abgeholt zu werden, sagte sie. Dort bekämen wir nicht nur einen Hund, sondern könnten auch noch was Gutes tun.

Sie rief dann auch wirklich dort an, aber einen Mittelschnauzer, möglichst rabenschwarz, lustig und verspielt – also noch ganz jung –, konnte der Mann am Telefon ihr nicht anbieten. Er konnte uns gar keinen Mittelschnauzer anbieten, keinen schwarzen und keinen Pfeffer-Salz-Farbenen. Aber natürlich, so sagte er, gebe es viele andere Hunde dort, die schon lange darauf warteten, eine neue Familie zu finden. Wir sollten doch einfach mal vorbeikommen und uns die Tiere anschauen.

Jessy blickte Miri an – und Miri schüttelte den Kopf. Sie wollte ihren Traumhund oder gar keinen. Also mussten Mo und Jessy doch im Internet herumstöbern. Aber das nur, um einen ehrlichen Züchter zu finden. Vielleicht priesen dort ja nicht nur gewissenlose Betrüger und Tierquäler ihre Hunde an. Und richtig, schon bald stießen sie auf einen Bauern, der

Bruno Krummbiegel hieß und für seine rabenschwarzen Mittelschnauzer sogar schon Preise gewonnen hatte. Keine Hundeausstellung, an der dieser Bruno Krummbiegel nicht teilgenommen hatte.

Jessy rief an und – Miri heulte fast vor Glück – Herrn Krummbiegels Beatrix hatte gerade geworfen. Fünf Welpen hatte sie zur Welt gebracht, drei Weibchen und zwei Rüden. Ja, und noch, so Herr Krummbiegel, hätten wir die freie Wahl.

Wieder waren alle glücklich, nur ich nicht. Hatte ich doch schon so gehofft, dass Miri niemals ihren Traumhund finden würde. Noch am selben Abend aber stiegen wir ins Auto und fuhren zu diesem Herrn Krummbiegel.

Wie aufgeregt Miri war. Es war ja Sommer und noch lange hell. Also würden wir die fünf Welpen in aller Ruhe studieren und uns einen aussuchen dürfen. Die ganze Fahrt über predigte sie Mo und Jessy, dass wir nur den Welpen nehmen dürften, der zu uns hin- oder uns nachgelaufen kam. Weil das ja hieß, dass wir ihm gefielen und er auch unseren Geruch mochte.

»Das ist bei Menschen genauso«, klärte sie uns auf. »Deshalb sagt man ja manchmal: Den oder die kann ich nicht riechen. Und Hunde haben eine noch viel feinere Nase als wir, die riechen alles. Sogar wenn einer Angst vor ihnen hat oder sie nicht leiden kann, riechen sie das.«

Alles Weisheiten, die sie in dem Hundebuch gelesen hatte.

Miri aber tat, als hätte sie das schon immer gewusst und nun müssten auch wir das endlich mal lernen.

Herrn Krummbiegel gehört ein ziemlich großer, richtig alter Bauernhof. Wir parkten zwischen zwei Ställen und er hatte uns schon kommen sehen. Gleich kam er aus dem Haus, um uns zu begrüßen.

Wie Miri da sofort ihr allerfreundlichstes Gesicht machte. Herr Krummbiegel war ja der Mann, der besaß, was sie sich wünschte. So einem musste sie natürlich die liebe, nette Miri vorspielen.

Mir gefiel dieser grob wirkende, dickliche Mann mit dem roten Gesicht nicht so sehr. Er stand vor uns wie Herr Minzlaff – mein Klassenlehrer – bei der Zeugnisvergabe. Nein, nein, sagte er, kaum dass wir ihm alle die Hand gegeben hatten, er verkaufe seine Tiere nicht an »alle und jeden«. Er schaue sich die Leute, denen er seine Tiere anvertraue, zuvor gründlich an. Und er kuckte dann auch wirklich so, als wären wir vielleicht Leute, die den Hund, den er uns verkaufen sollte, immer nur schlecht behandeln wollten.

Es gebe ja nun mal leider jede Menge Menschen, so redete er weiter auf Mo und Jessy ein, die glaubten, Hunde wären nur so was wie Spielzeug für ihre Kinder. Erst wollten sie unbedingt einen Hund haben und schon bald würde er ihnen lästig. »Ja, und was machen sie dann? Dann setzen sie ihn einfach irgendwo aus. Was aus dem armen Tier wird, das kümmert sie nicht.«

Ich war ziemlich sauer. Was dachte der denn von uns?

Hielt er uns für Verbrecher? Doch was er gesagt hatte, brachte mich auf eine Idee: Ich beschloss, dafür zu sorgen, dass wir diese »Hundetauglichkeitsprüfung« nicht bestanden. Weil er uns dann nämlich *keinen* Hund verkaufen und ich ein Problem weniger haben würde. Doch was konnte ich schon tun, außer die ganze Zeit über ein böses Gesicht machen? Ich versuchte es mit Lästern. »Kann mir viel besseres Spielzeug denken als 'n Hund«, sagte ich. »Zum Beispiel 'n Kampfroboter. Der muss nie Gassi geführt werden und braucht kein Futter.«

Herr Krummbiegel sah mich an, als hätte ich gesagt, sein Hosenschlitz stünde offen. Jessy machte ein Gesicht, als wollte sie sagen: »Halt jetzt mal lieber deine Klappe!« Mo tippte sich nur an die Stirn.

Und dann trotteten wir alle hinter dem schwitzenden Herrn Krummbiegel her, hin zu dem Stall, in dem die Hundemutter ihr Lager hatte.

Wie Miri da laut aufjubelte, als sie die Hundefamilie sah! Vor lauter Begeisterung klatschte sie sogar in die Hände. »Die sind ja noch viel niedlicher, als ich dachte«, rief sie und strahlte Herrn Krummbiegel an, als wäre er so was wie eine Mischung aus Weihnachtsmann und lieber Gott.

Fünf schwarze Wollknäuel auf vier Beinen wuselten da um und auf ihrer Mutter herum. Und die ließ sich das gefallen, sah uns nur kurz an, gähnte und schloss wieder die Augen.

Ja, und dann passierte es: Einer der kleinen Hunde ließ

von seiner Mutter ab und kam auf uns zugelaufen – genauso wie Miri es sich gewünscht hatte.

»Das ist er!«, jubelte sie. »Das wird mein Fritz.«

Herr Krummbiegel lachte. »Tut mir leid, aber das ist kein Fritz. Das ist ein Mädchen.« Und er sagte, dass alle fünf Welpen bereits Namen hätten, die im Zuchtbuch eingetragen seien. »Die da, das ist die kleine Cäcilie. Cäcilie von Ebenholz, um genau zu sein. Die Mutter ist ja auch so eine Adlige – Beatrix von Ebenholz –, also heißen auch alle ihre Welpen mit Nachnamen von Ebenholz. Das Zuchtbuch ist da ganz streng.«

Der kleinen Cäcilie schien es egal zu sein, wie sie hieß. Sie war auf uns zugelaufen gekommen, als hätte sie wirklich schon seit Tagen auf uns gewartet. Und flitzte danach gleich weiter, als wollte sie uns etwas zeigen.

Das war mir zu blöd. Was konnte ein Hund uns schon zeigen wollen? Und so strengte ich mich an, weiter ein mürrisches Gesicht zu machen. Und ich schaffte das. Alle Hunde waren ja mal klein und niedlich. Doch wurden sie etwa nicht größer und waren danach nur noch irgendwelche kackdummen Köter? Na, und was für komische Namen sie hatten! Beatrix von Ebenholz, Cäcilie von Ebenholz! Vielleicht auch noch Schneewittchen von Ebenholz?

Vor Herrn Krummbiegels Ställen parkte nicht nur unser Auto, sondern auch ein mit Heuballen voll beladener Laster. Auf den lief diese Cäcilie zu und drunter durch und fand hinter einem der wuchtigen Reifen einen alten Filzlatschen. Im

Nu hatte sie sich den geschnappt – und kam mit dem kaputten Latschen im Maul zu uns zurückgelaufen.

»Bringst du mir den?« Miri freute sich, als hätte der kleine Hund ihr einen Goldbarren angeschleppt. Und dann bückte sie sich, um nach dem Latschen zu greifen.

Diese Cäcilie aber hielt ihn fest im Maul. Schüttelte ihn nur hin und her, als hätte sie eine Maus oder Ratte gefangen.

»Sie will mit mir spielen!«, jubelte Miri. Und wirklich, dieser kleine schwarze Teufel lief vor Miri weg und Miri rannte ihm nach.

Mo und Jessy stießen sich an. »Die nehmen wir«, flüsterte Jessy. »Die hat ja auch von allen das schönste Fell.«

Mo war einverstanden und fragte Herrn Krummbiegel, ob wir dieses kleine Weibchen haben könnten.

Der Züchter überlegte kurz, dann nannte er uns seinen Preis: Eintausend Euro. »Ist ja ein reinrassiges Tier«, so sagte er. »Ganz edler Stammbaum.«

Mo und Jessy sahen sich an. Mit tausend Euro hatten sie nicht gerechnet.

Na ja, und da rieb ich mir schon die Hände: Tausend Euro, das war ihnen garantiert zu teuer! »Für so viel Geld kriegt man ja schon fast ein Auto«, sagte ich. Doch genau in diesem Augenblick kam der kleine Hund wieder an uns vorbeigelaufen. Und Miri, lachend und vor Glück kreischend, war immer noch hinter ihm her.

Und was tat dieser kleine Köter jetzt? Er legte *mir* den Latschen vor die Füße und sah mich auffordernd an.

Sollte ich etwa mitspielen? Ich zog eine Fresse und drehte mich weg.

Doch was bekam ich zu hören? »Gut!«, sagte Jessy. Mo und sie waren mit den tausend Euro einverstanden. Mir fiel die Kinnlade runter, und Herr Krummbiegel hielt erst Mo und dann Jessy seine Hand hin – und das Geschäft war besiegelt!

Ach, wie war Miri glücklich! Sie strahlte mit der Sonne um die Wette. Und wollte dann nur noch wissen, ob der kleine Hund denn wirklich Cäcilie heißen müsse. »Der Name gefällt mir nicht«, sagte sie. »Deshalb würde ich ihr lieber einen anderen Namen geben.«

»Von mir aus.« Herr Krummbiegel hatte nichts dagegen. »Du kannst sie nennen, wie du willst, nur im Zuchtbuch, da heißt sie weiter Cäcilie von Ebenholz.«

»Rieke«, sagte Miri da. »Ich nenne sie Rieke.«

Sie hatte gerade ein spannendes Buch gelesen, darin kam ein Mädchen vor, das ihr gefiel und Rieke gerufen wurde.

Der Herr Krummbiegel war damit einverstanden, dass seine Cäcilie Miris Rieke wurde. Er sagte nur noch, dass wir unsere Rieke aber erst in etwa vier Wochen abholen dürften. »Sie wird ja noch gesäugt. Und der Tierarzt muss ihr noch ein paar dringend notwendige Spritzen verpassen. Vorher geb ich keines meiner Tiere weg.«

Noch vier Wochen warten? Miri war enttäuscht. Aber Herr Krummbiegel blieb eisern. »So oder gar nicht«, sagte er. »Mit Tieren muss man genauso sorgsam umgehen wie mit Menschen.«

Nicht mal Miris feuchte Augen konnten ihn umstimmen.

Aber danach durfte sie schon wieder strahlen. Als wir nämlich wieder ins Auto steigen wollten, wer kam uns nachgelaufen? – Miris Rieke! Sie hielt wieder den Filzlatschen in der Schnauze und kuckte so auffordernd, als wollte sie uns bitten, doch noch ein bisschen zu bleiben. Weil das lustige Spiel ja gerade erst begonnen hatte.

Das war nun echt so, wie Miri es in ihrem Hundebuch gelesen hatte: Dieser kleine Hund, er wollte zu uns!

Miri strahlte und strahlte – und bekam dann doch wieder feuchte Augen. Weil sie ihre Rieke ja noch nicht mitnehmen durfte.

Und ich? Was sollte ich jetzt für ein Gesicht machen? – Am besten gar keines. Wenn ich bloß gewusst hätte, wie das geht, einmal gar kein Gesicht zu machen!

Am besten, ich spielte den Müden, der nichts mehr sehen und nichts mehr hören wollte. Und so stieg ich gleich als Erster ins Auto und murrte nur noch: »Wann fahren wir denn endlich?«

Wie lang Miri die vier Wochen wurden, die wir auf Rieke warten mussten! Mir vergingen sie viel zu schnell.

An einem Tag, so grau wie meine Laune, war es dann so

weit: Wieder ging's zu Herrn Krummbiegel. Ob ich aber, was wir an diesem Tag erlebten, wirklich erzählen soll?

Oder vielleicht lieber doch nicht?

Aber es war ja so gewesen! Kann ich was dafür, wenn das, was jetzt kommt, keine Werbesendung für Bruno Krummbiegels Hundezüchterei wird?

Also: Herr Krummbiegel empfing uns mal wieder in allerbester Laune. »Alles klar!«, sagte er. »Unsere Cäcilie ist pumperlgesund. Wenn Sie das Geld dabeihaben, dürfen Sie sie mitnehmen.«

Unsere Eltern hatten das Geld dabei und Mo hielt schon die extra für Rieke gekaufte Leine mit dem Halsband in der Hand. Herr Krummbiegel nahm das Geld, bedankte sich und steckte es ein. Und gleich danach ging er in den Stall, um seine »Cäcilie«, die unsere »Rieke« werden sollte, zu holen.

Und dann kam er mit ihr zurück – und wir staunten: Was war denn da passiert? Wie konnte aus dem kleinen, zierlichen Hund, der so lustig mit dem Filzlatschen gespielt hatte, in diesen vier Wochen ein so ganz anderer, viel dickerer, eher trübe blickender geworden sein?

Nur unlustig trottete diese Cäcilie hinter Herrn Krummbiegel her. Und dann legte sie sich vor uns hin und riss beim Gähnen die Schnauze so weit auf, als wollte sie uns zeigen, wie egal wir ihr waren.

»Ist das wirklich der Welpe, den wir uns ausgesucht haben?« Jessy kuckte misstrauisch.

»Aber ja!« Der Herr Krummbiegel lächelte gemütlich.

»Das ist Ihre Rieke. Sie hat in der Zwischenzeit ein bisschen zugelegt, aber das ist normal. So ein Hund wächst und wird kräftiger. Und das soll er ja auch, oder?«

Miri sah erst Jessy, dann Mo an. Diese Cäcilie, die ihre Rieke werden sollte, beachtete sie ja gar nicht! Das konnte doch nicht die kleine Lustige sein, in die sie sich so verliebt hatte!

»Dürfen ... dürfen wir vielleicht die anderen Welpen noch mal sehen?«, fragte Jessy vorsichtig.

»Welche anderen denn?« Herr Krummbiegel machte ein harmloses Gesicht. »Sind ja gar keine anderen mehr da. Alle aus dem C-Wurf sind weg. Verkauft! Meine Trixi hätte dreißig Welpen haben können, ich wäre sie alle losgeworden.«

Ich sah, wie Miri die Lippen aufeinanderpresste – und dann tat sie etwas, was ich mich nie getraut hätte: Sie ging ganz einfach in den Stall, um nachzusehen, ob wirklich keine anderen Welpen mehr da waren. Und Jessy, Mo und ich, auch mutig geworden, gingen ihr nach. Der Herr Krummbiegel konnte uns ja nicht festhalten.

Und was sahen wir im Stall? Wer lag da friedlich schlafend neben ihrer Mutter? – Miris Rieke!

Alle vier starrten wir Herrn Krummbiegel an, und Mo sagte: »Also das ist ja nun wirklich *ein dicker Hund.*« Er meinte damit aber nicht die kleine Dicke, die uns der »ehrliche« Herr Krummbiegel als unsere Rieke verkaufen wollte. Er sagt das oft, wenn einer sich eine ganz besondere Frechheit erlaubt.

Herr Krummbiegel sah erst hierhin, dann dorthin. Schließlich rieb er sich das Kinn. Wie Dennis aus meiner Klasse, wenn er seine Hausaufgaben nicht gemacht hat, so stand er auf einmal vor uns. »Ach, *die* wollten Sie haben!«, sagte er dann endlich. »Ich dachte, Sie wollten lieber was Kräftiges, eine, mit der die Kinder richtig herumtollen können. Da ... da muss ich wohl was verwechselt haben.«

»Ist die hier nun die Cäcilie – oder ist die Dicke, die Sie uns vorgeführt haben, die Cäcilie?«, fragte Jessy streng.

»Die hier? Ja, genau das ist sie ...« Herr Krummbiegel wagte noch immer nicht, auch nur einen von uns anzublicken.

Er hatte uns – klare Sache! – ganz einfach angelogen! Und jetzt war auch klar, warum: Weil nämlich die echte Cäcilie von Ebenholz ein so viel schöneres Fell hatte als die Dicke, die er uns hatte andrehen wollen. Er wirbt ja damit, dass er mit seinen Hunden schon so viele Preise gewonnen hat. Mit Miris Rieke hätte er vielleicht noch einen gewinnen können, mit der Dicken nicht.

Mo musste sich das Lachen verkneifen. »Dann spielen wir jetzt am besten mal *Entweder-Oder*«, sagte er. »*Entweder* nehmen wir diese Cäcilie hier *oder* gar keine.« Und schon streckte er die Hand aus, als wollte er sofort unsere tausend Euro zurückhaben.

Herr Krummbiegel griff dann auch in die Tasche seiner Arbeitsweste, in die er das Geld gesteckt hatte – und Miri wurde vor Schreck schon ganz blass. Sie wollte doch endlich ihre kleine Rieke mitnehmen, die ihre Freundin fürs Leben werden sollte. Mussten wir etwa ganz neu mit der Suche beginnen?

Da aber zog Herr Krummbiegel die Hand wieder zurück. »Na gut!«, sagte er. »Wenn Sie unbedingt die kleine Zierliche haben wollen, mir soll's recht sein. Eine Bedingung aber stelle ich: Schnauzer müssen immer wieder mal geschoren werden. Das macht jeder Hundefriseur. Aber die beiden ersten Male müssen Sie zu mir kommen. Da mach *ich* es. Will sehen, wie es dem Tier geht. Und ... na ja, vielleicht leihe ich mir Ihre Rieke ja mal bei Ihnen aus.«

»Wozu denn das?«, fragte Miri mit biestigem Gesicht.

Wieder wagte Herr Krummbiegel nicht, einen von uns anzublicken. »Na ja«, sagte er und kuckte dabei in den Himmel, »falls sie sich so gut entwickelt, wie es den Anschein hat ... Vielleicht fahre ich ja mal mit ihr zu einer Ausstellung. Ist doch was sehr Schönes, so einen Preis zu gewinnen. Die Urkunde können Sie sich dann ins Wohnzimmer hängen. Bei mir hängen schon so viele.«

»Mal sehen!« Jessy legte Rieke die Leine an, und der kleine Hund, der endlich aufgewacht war, kuckte dumm. Ein Halsband mit Leine? So was hatte er noch nicht kennengelernt. Und deshalb wollte er nun doch nicht mit uns mit.

Aber nein, ich hoffte nicht mehr, dass der Hund vielleicht doch hierbleiben würde. Das Geschäft war gemacht, Miri hatte ihren Köter.

Und gut, dass ich mir nichts eingeredet hatte, denn kaum hatte Miri Rieke wieder losgebunden, da wurde sie wieder die Rieke von vor vier Wochen. Dankbar dafür, wieder frei zu sein, hüpfte sie an Miri hoch und lief schon bald total unternehmungslustig neben uns her.

Übrigens: Wir haben den »ehrlichen« Bruno Krummbiegel dann wirklich noch zweimal besucht. Jedes Mal stutzte er Rieke das Fell und den Schnauzbart, und beide Male ärgerte er sich darüber, dass seine Schummelei mit der Dicken nicht geklappt hatte. Weil Rieke ja echt ein superglänzendes, rabenschwarzes Fell hat. Er sagte das nicht, aber sein Gesicht verriet, was er dachte. Denn vielleicht hätte Rieke ja wirklich mal einen Preis gewonnen. Doch haben wir sie Herrn Krummbiegel nicht geliehen. Kein einziges Mal. Weil wir Hundeausstellungen blöd finden. Und das sind sie ja auch, oder? Vor allem für die Hunde.

UNTERM TISCH

Damit hatte Miri nun endlich ihren Hund-Hund-Hund. Und wollte ihn zur Super-Rieke erziehen. Hundeschule und so was, sagte sie, das brauche sie alles gar nicht. Sie hätte ja ihr Hundebuch. Und schon auf der Rückfahrt von Herrn Krummbiegel stellte sie jede Menge Regeln auf, die Jessy, Mo und ich »strengstens« beachten sollten.

Wichtigste Regel: Nur sie durfte Rieke füttern. Weil sie nicht wollte, dass Rieke – echt Hundebuch! – »aus falsch verstandener Liebe« zu viel in die Schnauze geschoben bekam. »Sonst hätten wir ja gleich die langweilige Dicke nehmen können«, sagte sie. Und: Die sei ja sicher von Natur aus so kräftig gebaut, aber wer Hunde dick füttere, der sei ein Tierquäler.

Und dabei sah sie mich an, als hätte ich schon tausend Sorten Hundeleckerlis in der Hosentasche.

Lässig zeigte ich ihr einen Vogel. Ich – und ihre Rieke füttern? Das musste sie geträumt haben.

Noch am selben Tag fuhren Mo und Miri zum Supermarkt. Und kamen mit einem großen Karton voller Büchsen mit speziellem Welpenfutter zurück. Mal war Hühnerfleisch in den Büchsen, mal Rindfleisch, mal ein Mix aus allen möglichen Fleischsorten. »Von so viel Fleisch wird deine Rieke ganz bestimmt fett«, lästerte ich.

»Hunde sind nun mal keine Vegetarier«, konterte Miri cool. »Oder fressen Wölfe etwa Radieschen?«

Wieder so eine Weisheit aus ihrem Hundebuch.

Auch was auf den bunten Hundefutterbüchsen stand, studierte sie ganz genau. »In dem Futter sind ganz viele wichtige Inhaltsstoffe drin«, stellte sie danach zufrieden fest. »Damit kann man gar nichts falsch machen.« Und sie strahlte Rieke an. »Das wird ein ganz, ganz feines Fresschen. Mhmm, mhmm! Du wirst schon sehen, wie toll das schmeckt.«

Doch an diesem ersten Tag bei uns war Rieke durch nichts zu begeistern. Zwar war sie mit uns mitgegangen, aber jetzt wusste sie nicht, was sie hier sollte. Sie lag auf der Decke, die wir ihr im Flur ausgebreitet hatten, die Schnauze flach auf den Boden gepresst, und fiepte nur immer wieder leise vor sich hin. Wenn Miri die Hand ausstreckte, um sie zu streicheln, schreckte Rieke zurück.

Mo erklärte uns, weshalb das so war. »Wir sind ihr ja alle noch sehr fremd«, sagte er. »Wir haben sie in eine ganz andere Welt verschleppt. Unsere Wohnung ist nun mal kein Stall. Bei uns riecht ja alles ganz anders. Sie braucht Zeit, um sich einzugewöhnen.«

Miri sah das ein, aber ein bisschen enttäuscht war sie doch. Wieso freute Rieke sich denn nicht, endlich bei ihr sein zu dürfen, wo sie sich doch so sehr auf Rieke gefreut hatte?

»Und dann fehlt ihr natürlich auch Trixi, ihre Mutter«, versuchte Jessy Miri zu trösten. »So kleine Hunde kuscheln doch noch sehr gerne.«

Garantiert hatte Miri in dem Augenblick gedacht: Aber sie kann doch auch mit mir kuscheln. Nur sagte sie das lieber nicht, sondern versuchte, sich bei Rieke einzuschleimen. Und deshalb wollte sie sie gleich mal füttern.

Laut las sie vor, wie viel Futter ein Hund von Riekes Größe und Gewicht jeden Tag bekommen musste, um so lustig und gesund auszusehen wie die auf den Hundefutterbüchsen. Das war auf den Dosen aufgedruckt. Keine Minute später griff sie schon zum Büchsenöffner, öffnete die erste Dose und kippte alles, was drin war, in den blauen Fressnapf, den wir Rieke gekauft hatten. Bis auf den letzten Krümel kratzte Miri die Büchse aus.

»So! Mhmm! Mhmm! Lecker! Lecker!«, säuselte sie danach und stellte den Napf vorsichtshalber auf den Küchenboden. Damit Rieke, falls sie beim Fressen kleckerte, nicht ihre Decke vollsaute. Die Küche ist gefliest, da kann man alles locker wegwischen.

Rieke aber beachtete den brandneuen blauen Plastiknapf gar nicht. Sie blieb auf ihrer Decke und fiepte weiter.

Miri versuchte, sie zu locken, bat und bettelte: »Jetzt komm doch her! Schmeckt wirklich ganz fein.« Und machte dabei laute Schmatzgeräusche.

Rieke aber rührte sich nicht.

Endlich verlor Miri die Geduld. Sie nahm Rieke in beide Arme, trug sie in die Küche und legte sie auf die Fliesen. Und dann schob sie ihr den Fressnapf vor die Schnauze.

Und Rieke? Was machte sie jetzt?

Sie schnüffelte mal kurz an dem Futter, dann kroch sie rückwärts immer weiter weg von dem Napf. Bis sie mit dem Hintern an den Küchenschrank stieß.

»Aber was ist denn?«, rätselte Miri. »Kennst du diese Sorte Futter nicht? Gab's beim Krummbiegel immer nur Stroh zu fressen? Das hier ist viel, viel feiner. Probier doch erst mal. Es schmeckt dir. Ganz bestimmt schmeckt es dir.«

Und sie fuhr mit dem roten Plastiklöffel, mit dem sie die Büchse leer gekratzt hatte, in den Napf und tat, als würde sie davon kosten. »Mhmm! Fantastisch! Ganz leckeres Hühnerfleisch. Wenn du nicht bald loslegst, ess ich dir alles weg.«

Und tatsächlich, mit diesem Trick hatte sie Erfolg. Als hätte Rieke verstanden, was Miri ihr angedroht hatte, näherte sie sich – vorsichtig auf dem Bauch rutschend – wieder dem Napf, um noch mal dran zu schnüffeln. Und dann begann sie zu fressen.

»Hurra!«, jubelte Miri. »Es schmeckt ihr.«

Und so war es wirklich, bald fraß Rieke mit immer mehr Appetit. Die ganze Schnauze tunkte sie in den Napf und schleckte sich zwischendurch immer wieder die vom Fleischbrei feucht glänzende, schwarze Nase ab. Nur die Fleischstückchen, die ihr im Bart hängen blieben, bekam sie nicht heraus. Miri pflückte sie und legte sie zurück in den Napf. Schnauzer haben nun mal einen Schnauzbart, damit hätte sie rechnen müssen. Genauso wie damit, dass der Bart nach jedem Fressen abgeputzt und gekämmt werden muss.

Aber das machte Miri nichts aus. Hatte ja alles genauso in ihrem Hundebuch gestanden. »Brave Rieke! Feine Rieke!«, lobte sie ihre neue beste Freundin fürs Leben. »So wirst du bestimmt mal ein großer, starker Hund.« Und sie legte sich neben Rieke auf den Küchenboden und streichelte sie ganz begeistert.

Dann, ganz plötzlich, wollte Rieke nicht mehr weiterfressen. Als ob sie es sich inzwischen anders überlegt hätte, sah sie Miri an. Dabei war ihr Napf noch halb voll.

»Weiter!«, drängte Miri. »Du musst alles fressen. Alles, alles, alles! Das steht so auf der Büchse. Das haben die schlauen Köche so ausgerechnet. Die wissen ganz genau, was ein kleiner Hund wie du alles braucht.«

Doch sie konnte bitten und betteln, so lange sie wollte – Rieke sah sie nur an, fraß aber nicht mehr.

»Aber kapierst du denn nicht?«, drängte Miri weiter. »Du musst *mehr* fressen. *Viel mehr!* Ist doch auch alles soo gesund.«

Ich musste mir das Lachen verkneifen. Vor ein paar Stunden hatte Miri sich noch gesorgt, Rieke könnte zu dick werden. Jetzt bangte sie, dass kein großer, starker Hund aus ihr werden würde.

Langsam, ganz langsam versuchte Rieke, sich von dem Fressnapf wegzuschleichen. Miri aber ließ das einfach nicht zu. Immer wieder schob sie ihr den Napf direkt vor die Schnauze.

Und was machte Rieke da mit einem Mal? – Sie schob den Napf mit der Schnauze einfach wieder von sich fort.

Beinahe hätte ich vor Begeisterung geklatscht.

»Sie will nicht mehr fressen. Sie will einfach nicht!«, rief Miri voller Verzweiflung und sah sich nach Hilfe um. Aber außer mir war niemand in der Küche. Mo saß längst wieder an seinem Schreib- und Tüfteltisch und Jessy war noch mal kurz in die Firma gefahren.

Ich aber grinste nur. Miri hatte ja unbedingt einen Hund

haben wollen. Nun hatte sie einen. Sollte sie doch sehen, wie sie mit ihrer Rieke fertig wurde.

Doch wie viel Geduld Miri an diesem ersten Tag mit Rieke aufbrachte! Ich kam aus dem Staunen nicht heraus. Sonst war sie doch bei fast allem immer die Ungeduldigste von uns.

Zuletzt versuchte sie sogar, Rieke mit dem Löffel zu füttern. Sie füllte ihn voll und hielt ihn Rieke vor die Schnauze. Rieke aber sah erst nur den Löffel an und danach Miri – und fraß nicht. Und als Miri ihr den vollen Löffel vorsichtig in die Schnauze schieben wollte, verdrückte sie sich unter den Küchentisch und legte die Ohren an.

Miri aber wollte immer noch nicht aufgeben. Mit dem Löffel in der Hand rutschte sie ihr auf den Knien nach. »Bitte, Rieke!«, flüsterte sie unterm Tisch. »Bitte! Du musst weiterfressen. Nur noch ein bisschen, ja?« Und wieder machte sie: »Mhmm! Mhmm! Schmeckt lecker, schmeckt ja so lecker!«

Rieke kuckte nur traurig – und wich noch weiter zurück. Bis in die tiefste Ecke der Küchenbank verkroch sie sich, den Hintern an die Wand gepresst, die Ohren so flach, als hätte sie gar keine.

Miri kroch ihr auch bis dahin nach und versuchte es wieder mit dem alten Trick: Sie tat, als ob sie von dem Hundefutter gekostet hätte. »Mhmm! Mhmm! Schmeckt das gut. Viel besser als alles, alles andere.«

Rieke aber fiepte nur leise.

Das war endgültig zu viel für Miri. Ihr kamen die Tränen. »Aber wie kann man denn nur so dumm sein?«, heulte sie. »Wer nicht frisst, der stirbt doch irgendwann.«

»Aber sie hat ja gefressen!« Ich fand die Aktion, die Miri da veranstaltete, albern. »Den halben Napf hat sie leer gefressen. Sie muss doch selber wissen, wann sie satt ist.«

Das aber hatte Miri gerade noch gefehlt: ihr »kleiner Bruder«, der sie belehren wollte, obwohl sie doch das schlaue Hundebuch gelesen hatte. »Ist das deine Rieke oder meine?«, heulte sie noch lauter. Und vor Zorn über meine Einmischung fuhr sie hoch. Nur hatte sie leider vergessen, dass sie ja noch unterm Tisch hockte. Mit voller Wucht knallte sie mit dem Kopf gegen die Tischplatte und schrie so laut auf, dass ich ihr ganz erschrocken aufhelfen wollte. Sie stieß mich aber nur weg und rief noch mal: »Ist das deine Rieke oder meine?«

»Auf jeden Fall wird's deine Beule.« Jetzt war ich auch sauer. So blöd hatte Miri sich ja noch nie angestellt. War das nur, weil sie so verknallt in Rieke war? »Und *deine* Rieke, das darf sie ruhig bleiben. *Ich* wollte den Köter ja nicht.«

Das alles *musste* Mo gehört haben. So laut, wie Miri und ich uns anschrien, konnte er es unmöglich überhört haben. Aber er kam nicht. Jessy und er mischen sich nur ganz selten in unsere Streitereien ein. Sie sagen, wir müssen lernen, selber miteinander klarzukommen. Weil es später, wenn wir erwachsen sind, ja auch keine überirdischen Schiedsrichter gibt, zu denen wir laufen können, um uns wegen jedem Klacks zu beschweren.

Und weil Mo nicht kam und Miri mich noch immer ankuckte, als wäre ich nur irgendein fieser Giftpilz, den sie am liebsten weggekickt hätte, ging ich in mein Zimmer. Und knallte die Tür hinter mir zu, dass die Wände wackelten.

Wäre Jessy zu Hause gewesen, hätte sie sich jetzt natürlich doch eingemischt. Türenknallen, so was gibt's bei ihr nicht. Miri aber, so fand ich, hatte sich diesen Knaller echt verdient.

Drei Tage lang versuchte Miri, Rieke beizubringen, dass sie ihren Napf leer zu fressen und am besten auch noch auszulecken hatte. Rieke aber fraß immer nur die Hälfte. Miri konnte ihr den Napf mit dem Rest vor die Schnauze halten, so oft und so lange sie wollte, Rieke legte nur die Ohren an und verkroch sich unter der Küchenbank.

Und Jessy und Mo mischten sich immer noch nicht ein, beobachteten das Ganze nur. Bis unsere Mutter Mitleid mit Rieke und vielleicht auch mit Miri bekam. Endlich wies sie Miri an, Riekes Napf nur noch halb so voll zu füllen. »Das reicht«, sagte sie. »Rieke weiß selber, wie viel sie fressen muss, um nicht zu verhungern.«

Wie mir das runterging! Wie warme Milch mit Honig. War ja genau das, was ich gesagt hatte. Hab so breit gegrinst, dass mein Kopf auf keine Kinoleinwand gepasst hätte. Und vielleicht wollte Miri ja nur deshalb noch immer nicht aufgeben. Um mir den Triumph nicht zu gönnen. Mit beleidigtem Gesicht hielt sie Jessy die Büchse hin. »Aber da steht's doch! Ein

Hund in Riekes Alter und bei ihrer Größe *muss* eine ganze Portion fressen. Und die, die das Futter herstellen, haben doch Ahnung.«

»Aber Miri!« Jessy nahm die leere Büchse und warf sie in den Müll. »Warum, denkst du, schreiben die da so was drauf? Doch nur, damit möglichst viele Büchsen von diesem Futter verkauft werden. Ob deine Rieke sich so fett frisst, dass ihr der Bauch auf dem Boden schleift, das interessiert von den Werbeleuten niemand. Hauptsache, das Futter verkauft sich gut.« Und damit nahm sie Miri in die Arme, küsste sie und versicherte ihr: »Das kannst du mir ruhig glauben. Ich weiß, was ich sage. Arbeite ja selbst in der Werbung.«

Da hätte ich lieber die Klappe halten sollen. Machte ich aber nicht. »Und wir sollen deine Rieke nicht füttern, weil du Angst hast, sie könnte zu dick werden«, lästerte ich und grinste noch ein bisschen breiter. »Und selber?«

Was mal wieder zu viel für Miri war. »Du Arsch!«, schrie sie mich an und hätte mir am liebsten eine gescheuert. Nur weil Jessy sie noch immer im Arm hielt, wagte sie das nicht.

Trotzdem: ein Eigentor! Jessy reichte ja schon das Wort »Arsch«. »Jetzt beherrsch dich mal!«, fuhr sie Miri an. »So reden wir nicht miteinander.«

Was blieb Miri da noch anderes übrig? Heulend riss sie sich los, lief in ihr Zimmer und schlug die Tür hinter sich zu.

Wieder wackelten die Wände. Diesmal aber war Jessy zu Hause. Gleich lief sie ihr nach und schimpfte mit ihr und dann redeten die beiden lange miteinander. Und vom nächsten Tag an bekam Rieke nur noch halbe Portionen Hundefutter in ihren Napf. Und die fraß sie auf und alle waren zufrieden.

Nur ich nicht. Ich lief durch die Wohnung, als gehörte ich gar nicht richtig dazu. Wenigstens für den »Arsch« hätte Miri sich bei mir entschuldigen müssen. Hatte sie aber nicht. Und das fand ich irgendwie nicht in Ordnung. Erst diese Rieke und jetzt auch noch der »Arsch« – musste ich mir denn wirklich alles gefallen lassen?

MEINE, DEINE, UNSRE RIEKE

Für Miri, Mo und Jessy hätte jetzt alles gut werden können. Wenn Miri nicht schon bald eine neue Sorge gequält hätte – die, wann denn die halbe Portion Büchsenfleisch, die Rieke jeden Tag fraß, hinten wieder rauskam. Das war ja ganz unnatürlich, dass da nichts passierte.

Munter lief Rieke beim Gassigehen neben Miri her, manchmal über eine halbe Stunde lang – und nichts passierte.

Wieder geriet Miri in Panik. »Überall pinkelt sie hin«, schimpfte sie, wenn sie endlich mit Rieke zurückkehrte. »Aber sie macht kein noch so klitzekleines Häufchen. Das darf doch aber nicht alles drinbleiben. Sonst platzt ihr noch mal der Bauch.«

Jessy riet ihr, Geduld zu haben. Mo sagte, so schnell platze niemandem der Bauch. Auch Hunden nicht. Und notfalls helfe ein Abführmittel.

Ein Vorschlag, der Jessy nicht gefiel. »Um Himmels willen!«, sagte sie. »Rieke ist ja noch nicht stubenrein. Willst du, dass sie uns den Flur vollkackt?«

Das wollte Mo nicht. Da brauchte er nur an Riekes Pinkelei zu denken. Dreimal hatte sie uns in die Küche und zweimal in den Flur geschifft. Zum Glück hatte Jessy diese »Seenlandschaften« vorausgesehen. Gleich an Riekes erstem Tag bei uns hatte sie gesagt, dass wir außer der Küchentür alle anderen Türen vorläufig geschlossen halten sollten, und aus Vorsicht neben Riekes Decke gleich noch jede Menge andere alte Decken ausgebreitet. In der Küche ist so ein See ja nicht schlimm. Dank der Fliesen. Einfach aufwischen und den See gibt's nicht mehr. Für unseren Teppichboden wäre er Gift.

Aber jetzt ging's ja nicht um einen See, Rieke wollte und wollte einfach kein Häufchen aus sich rauslassen. Durch den Stadtpark und alle umliegenden Straßen wanderte Miri mit ihr, doch den Kotbeutel zum Auflesen von Riekes Würstchen hatte sie ganz umsonst mitgenommen.

Mal schnupperte Rieke an einem Rinnstein, mal an einem Baum, mal an irgendwelchen Sträuchern. »Lösen« aber, wie das in Miris Hundebuch genannt wird, wollte sie sich nicht.

Vielleicht war Miri jetzt zum ersten Mal ein bisschen sauer auf Rieke. Wir wohnen ja in einem Hochhaus. Zwar nicht ganz oben, sondern nur im fünften Stock, aber da macht es keinen Spaß, immer wieder ganz umsonst im Fahrstuhl mit Rieke auf die Straße runterzudüsen und ewig lange ganz umsonst durch den Stadtpark zu latschen. Sie vertrödelte mit diesen langen Gassi-Touren ja oft ganze Nachmittage. Ihre Freundinnen wurden schon ungeduldig. Seit Rieke da war, hatte Miri kaum noch Zeit für sie.

Ich beobachtete das alles nur voller Schadenfreude. Durfte das aber nicht zeigen. Weil das Mo und Jessy nicht gefallen hätte und Miri sonst nur noch wütender auf mich geworden wäre.

Na ja, manchmal tat sie mir auch leid. Aber nur heimlich. Weil sie sich ja kaum noch wegwagen durfte von zu Hause. War kaum abzuschätzen, ob oder wann Rieke vielleicht doch mal musste. Oft, wenn es Miri gerade überhaupt nicht passte, wurde Rieke mit einem Mal unruhig. Dann lief sie hin und her und sah Miri an, als wäre es höchste Zeit zum Gassigehen. Hastig leinte Miri sie an und raste mit ihr zum Fahrstuhl und aus dem Haus.

Und was passierte?

Nichts!

Rieke schnüffelte nur an allem herum. Auf die Idee, irgendwo ein kleines Häufchen abzulegen, das Miri aufsammeln konnte, kam sie nicht.

Wütend stand Miri wieder vor der Tür – bis das Spiel von

Neuem losging und sie ein zweites oder sogar drittes Mal mit ihr losziehen musste. Und das nur, um danach wieder total genervt nach Hause zu kommen.

»Ich weiß nicht, ob sie nicht will oder nicht kann«, beschwerte sie sich bei Mo. »Sind etwa alle Hunde so komisch?«

Ich sagte dazu lieber nichts. Ist ja *deine* Rieke, dachte ich nur. Du hast sie gewollt, sieh zu, wie du sie zum Kacken bringst.

Es ging aber nicht immer nur Miri mit Rieke Gassi. Auch Mo oder Jessy spazierten, wenn sie Zeit hatten, mit ihr durch den Stadtpark. Manchmal sogar zu zweit. Nur ich, ich klinkte mich aus. Rieke war Miris Hund! *Ich* hatte mit der ganzen Sache nichts zu tun.

Ich wusste ja, wenn ich mich auch nur ein einziges Mal überreden ließ, mit Rieke um die Häuser zu ziehen, musste ich bestimmt bald öfter mit ihr gehen und darauf warten, dass sie endlich mal kackte.

Ein paar Tage lang ging das gut. Ich blieb stur und verweigerte das Gassigehen und alle akzeptierten das. Bis Jessy eines Abends fand, dass es ein Fehler war, wenn Mo und sie mir das weiter »durchgehen« ließen. »Aus pädagogischen Gründen«, wie sie sagte.

Sie riefen mich zu sich – es war im Wohnzimmer und Miri war nicht dabei – und sagten, dass es besser sei, wenn Miri an den Abenden nicht allein mit Rieke Gassi ging. Noch sei Rieke ja viel zu klein, um Miri beschützen zu können. Ob ich nicht, wenn sie keine Zeit hätten, mit Rieke zu gehen, ein bisschen auf meine große Schwester aufpassen wollte?

Ein ziemlich simpler Trick! Aber ich sagte nichts, presste nur die Lippen aufeinander und kuckte böse. – Hatte *ich* Rieke gewollt? *Miri* hatte einen Hund haben wollen, mich hatten sie mit 3:1 überstimmt. Und jetzt sollte ich auch noch mitlatschen müssen, wenn Miri mit Rieke Gassi ging?

Eine Weile sah Jessy mich nur an, dann sagte sie: »Hör mal zu, Paulchen! Wir vier sind doch eine Familie, die sich lieb hat, oder? Da muss doch einer für den anderen da sein. Ich verstehe ja: Du hast gesagt, du willst keinen Hund. Und Miri sagt, dass Rieke ihr gehört, ihr allein. Und da denkst du: Gut, dann soll sie sich auch allein um sie kümmern. Und da liegst du nicht mal ganz falsch. Wer ein Tier zu sich nimmt, muss auch die Verantwortung für dieses Tier übernehmen. Aber wenn du Fragen zu deinen Schulaufgaben hast, wie oft bittest du Miri, dir zu helfen? Und was schenkt sie dir dann? Sie schenkt dir ihre Zeit. Wäre es da nicht fair, wenn auch du ihr ab und zu mal was von *deiner* Zeit schenkst? Also dich mal um Rieke kümmerst?«

Was blieb mir da anderes übrig, als zu nicken? Wenn auch nur zähneknirschend. Es ging ja nicht um irgendeinen Abend, es ging gleich um diesen ersten Abend. Mo und Jessy wollten ins Kino – und im Fernsehen wurde ein ganz besonders tolles Fußballspiel übertragen: Bayern gegen Dortmund. Alle meine Freunde wollten es sich ansehen. Und ich? Ich würde nun mindestens die erste Halbzeit verpassen.

Die Hände in den Jackentaschen vergraben und mit einem Gesicht, als wäre es aus Stein, ging ich an diesem Abend neben Miri und Rieke her.

So was Bescheuertes! Sonst war ich für Miri immer nur der kleine Bruder, der ihr keinen Blick wert war, wenn wir uns auf dem Schulhof trafen. Und jetzt sollte dieser Däumling, für den sie sich in der Schule genierte, auf einmal ihr Bodyguard sein?

Miri dachte nicht so viel nach. Ohne Ende plapperte sie vor sich hin. Von ihrem Stress in der Schule erzählte sie und von ihren Freundinnen, von denen zwei schon einen Freund hatten. Und danach kam all das, was sie sich vielleicht zu Weihnachten wünschen würde. Eine Liste, die kein Ende nahm.

Rieke zog uns mal hier-, mal dorthin. Sie musste ja an der Leine gehen. Wie hätten wir sie sonst finden sollen, falls sie irgendeiner Maus oder Katze nachjagte? Es wurde ja schon langsam dunkel, und so schwarz, wie sie ist, hätten wir sie garantiert bald verloren. Auf ihren Namen oder Miris Pfiff hört sie nur, wenn sie Lust darauf hat.

Immer wieder sah ich zu den Fenstern hoch, hinter denen inzwischen schon Licht angegangen war. Bestimmt kuckten die Leute dort alle Bayern gegen Dortmund. Ich aber musste mit Miri und ihrem blöden Köter durch die Straßen schleichen, als hätten wir nicht auch einen Fernseher.

Irgendwann, die erste Halbzeit musste schon so gut wie vorüber gewesen sein, konnte ich Miri nicht länger zuhören.

»Vielleicht stimmt mit deiner Rieke ja irgendwas nicht«, lästerte ich. »Die weiß ja nicht mal, wie man scheißt.«

Sofort vergaß Miri, wie oft sie selber über Rieke geschimpft hatte. »Quatsch!«, verteidigte sie ihre Freundin fürs Leben. »So was müssen alle kleinen Hunde erst lernen.«

»Dann mach's ihr doch vor«, höhnte ich weiter. »Zeig ihr, wie's geht.«

»Pass nur auf, sonst führe ich dir gleich mal vor, wie's geht«, schimpfte Miri da und tat, als wollte sie mir in den Bauch boxen. Mitten in der Bewegung aber erstarrte sie. »Da!«, flüsterte sie, als hätte sie irgendwas ganz Tolles entdeckt. »Kuck doch – sie hat gemacht! Endlich! Sie hat gemacht!«

Ich sah in die Richtung, in die sie zeigte, und brauchte eine Weile, bis ich die kleine, dicke Wurst entdeckte, die da unter einem Busch lag. War ja ziemlich dunkel unter den dicht belaubten Zweigen. Und daneben stand Rieke und sah uns an, als erwartete sie unsere Glückwünsche.

»Rieke!«, rief Miri dann auch wirklich und strahlte wie ein Tausend-Watt-Scheinwerfer. »Das hast du aber fein gemacht! Dafür bekommst du nachher eine Belohnung.«

Ich strahlte auch. Wenn auch vielleicht nicht ganz so hell wie Miri. Jetzt würde ich wenigstens noch die zweite Halbzeit zu sehen bekommen. Vor lauter Dankbarkeit bückte ich mich, um Rieke zu streicheln. – Ich glaube, es war das erste Mal.

Aber wie freute Rieke sich über unsere Freude! Mal

sprang sie an Miri hoch, mal an mir. Und da, na ja, da kraulte ich sie auch noch ein bisschen hinter den Ohren. Weil sie das besonders mag. Mit ihren Pfoten kommt sie dort ja nie richtig ran.

Leider dauerte unsere Freude nicht lange. Denn als Miri die Wurst mit dem Kackbeutel, den sie über ihre Hand gezogen hatte, aufgenommen und den Beutel danach umgestülpt hatte, stutzte sie. Und dann ekelte sie sich, obwohl ihre Hand dabei ganz sauber geblieben war.

»Ih!«, rief sie. »Was ist denn das?«

Jetzt begriff ich gar nichts mehr. Was hatte sie denn erwartet? Schokolade? »Na, was soll das schon sein?«, fragte ich ungeduldig. War ja schon so gut wie auf dem Weg vor den Fernseher. »Kacke natürlich.«

»Sieht so etwa Kacke aus?«

Sie hielt mir den Beutel so dicht vor die Augen, dass ich vor Schreck beinahe hingefallen wäre. Wollte sie mir das Braune darin etwa ins Gesicht schmieren? Dann aber, im Laternenlicht, sah ich es: In dem kleinen, durchsichtigen Plastikbeutel war keine Kacke. Ein dicker Zigarrenstummel lag drin. Irgendwer hatte ihn weggeworfen – und weil wir so darauf gehofft hatten, dass Rieke endlich zur Sache kam, hatten wir nur gesehen, was wir sehen wollten.

Was für eine Enttäuschung! Als ob jemand im Lotto gewonnen und vergessen hat, den Lottoschein abzugeben. Nur Rieke, die freute sich immer noch. Mit unserer Begeisterung hatten wir sie in allerbeste Stimmung versetzt. Aber durften wir ihr böse sein? Was konnte sie denn dafür, dass es unter dem Busch so dunkel war?

»Ist ja gut! Ist ja gut!«, flüsterte Miri ihr zu und streichelte sie. »Du kannst ja nichts dafür.«

Und das stimmte sogar. Auch ich nahm ihr nichts übel. Was eine echte Leistung von mir war, denn jetzt durften wir noch ganz lange nicht nach Hause gehen. Also würde ich höchstens noch den Rest der zweiten Halbzeit Bayern gegen Dortmund zu sehen bekommen.

Und so war's dann auch. Und in den letzten Minuten fielen keine Tore mehr. Und bevor die Zusammenfassung kam, in der alle Tore noch mal gezeigt wurden, musste ich ins Bett. Denn da waren Mo und Jessy längst zurück.

Eigentlich ein Grund, mich noch mehr zu ärgern. Aber als ich an diesem Abend im Bett lag, musste ich immerzu an Rieke denken. Wie sie sich gefreut hatte, als auch ich sie endlich mal streichelte! Na ja, das hatte mir gefallen. Nur: Was war denn da mit mir passiert? Hatte ich etwa gar nichts mehr gegen Hunde? Wenn ja, dann durfte das keiner wissen. Wäre ja sonst ein irrer Triumph für Miri. Und meine lieben Eltern hätten sich heimlich zugegrinst und gesagt: »Na, haben wir's nicht gewusst? Unser Paulchen ist ja gar nicht so.«

Die Freude wollte ich den dreien nicht machen.

EINE ZUGESCHNEITE SCHLITTERBAHN – UND VIER GELBE STIEFEL

Was jetzt kommt, erzähle ich nicht so gern. Denn genau am 1. Advent – Miri und ich freuten uns schon auf Weihnachten und all die Geschenke, die wir hoffentlich bekommen würden – passierte etwas Schlimmes.

Wie das kam?

Es war ja echt schon Winter, ich meine: richtiger Winter! Überall jede Menge Eis und Schnee. Und als Miri an diesem Sonntag mit Rieke durch den Stadtpark ging, war weit und breit kein anderes Hunde-Herrchen oder Hunde-Frauchen zu sehen. Und auch sonst kein Spaziergänger. Günstige

Gelegenheit, Rieke von der Leine zu lassen. Was Rieke sofort ausnutzte. Wie ein kleiner schwarzer Blitz raste sie durch den Schnee und zwischen all den zugeschneiten Büschen hindurch und bekam sich vor lauter Begeisterung über all dieses kalte Weiß um sie herum gar nicht mehr ein. Einen Winter hatte sie ja noch nie zuvor erlebt.

Sie lief und lief und wurde selbst immer weißer. Und Miri lachte über sie. Bis sie auf einmal nicht mehr lachte: Wo war Rieke denn plötzlich hin verschwunden? Auf einmal war sie nicht mehr zu sehen.

»Rieke!«, schrie Miri. »Riiieke!« Aber Rieke tauchte nirgendwo auf. Als hätte diese weiße Winterwelt sie ganz einfach verschluckt. Voller Panik und immer weiter rufend rannte Miri los, um sie wiederzufinden. Und dabei passierte es: Sie lief über eine zugeschneite Schlitterbahn, rutschte aus und fiel hin. – Und konnte nicht wieder aufstehen! Ihr rechtes Bein, wenn sie es bewegen wollte, tat so höllisch weh, dass ihr die Tränen kamen.

»Rieke!«, konnte sie da nur noch leise heulen.

Und seltsam: Auf die lauten Rufe hatte Rieke nicht gehört, dieses leise Heulen aber musste sie erschreckt haben. Sie kam zurückgelaufen, noch weißer und zerzauster als zuvor, sah Miri an und fiepte. So, als wüsste sie ganz genau, dass sie die Schuld daran trug, dass Miri jetzt auf diesem kalten Eis lag.

Miri aber lag nur da und heulte. Etwas anderes konnte sie ja nicht tun. Blöderweise hatte sie ihr Handy, das sie doch sonst sogar aufs Klo mitnahm, an diesem Tag nicht eingesteckt. Und laut um Hilfe schreien? Wozu denn, hier, wo niemand sie hören konnte?

Zum Glück begann Rieke schon bald zu kläffen. Sie bellte so laut, wie sie noch nie zuvor gebellt hatte.

Und wer hörte das? – Ich!

Randy, Tim und ich waren an diesem Sonntag auch im Stadtpark unterwegs. Nur eben am ganz anderen Ende. Wir wollten den zugefrorenen Ententeich testen. Ob das Eis schon dick genug war. Aus Holzleisten hatten wir uns Eishockeyschläger gebastelt, Tims Tennisball sollte der Puck sein.

Plötzlich dieses Kläffen. Und – komisch! – ich wusste sofort, dass es Rieke war, die da so aus vollem Hals bellte.

Irgendwas musste passiert sein. Wir liefen hin – und sahen Miri am Boden liegen und heulen. Und das mit ganz schräg verdrehtem Bein. Und Rieke, kaum hatte sie mich gesehen, kam auf mich zugelaufen und kläffte weiter, als wollte sie mir was erzählen.

»Was ... was ist denn passiert?« Hilflos starrte ich Miri an. »Bist du hingefallen?«

»Nee!«, keuchte sie genervt. »Hab mich nur ‘n bisschen hingelegt.«

»Kannst du nicht aufstehen?« Meine nächste blöde Frage.

Ihre Antwort – nichts als ein vorwurfsvoller Blick.

Da, endlich, zückte Randy sein neues Smartphone, um

den Notarzt anzurufen. Er weiß fast immer als Erster, was zu tun ist, wenn mal irgendwo was Krasses passiert. Außerdem war das eine gute Gelegenheit, Tim und mir zu zeigen, was für ein tolles Teil er jetzt immer einstecken hatte. Tim aber wartete gar nicht erst ab, ob sich jemand meldete, er lief gleich los, um Mo oder Jessy zu holen. Nur Randy und ich blieben bei Miri. Und Rieke natürlich. Und weil es auf dem Eis doch so kalt war, zog ich meine dicke Jacke aus und schob sie Miri unter den Rücken.

Sie sagte nicht mal danke, sah mich auch lieber nicht mehr an.

Und dann kam er schon in den Stadtpark gefahren, der Krankenwagen – obwohl das für Autos ja sonst verboten ist. Und nur zwei Minuten später kamen Mo und Jessy angerannt.

»Miri!«, flüsterte Jessy ganz erschrocken. Und gleich kniete sie sich neben sie hin, um sie in die Arme zu nehmen. Und Mo wollte wissen, wie das denn nur passieren konnte. »Bist du ausgerutscht? Oder gestolpert?«

Auch keine besonders klugen Fragen. Wie genau es passiert war, das spielte in diesem Moment ja auch gar keine Rolle, oder?

Miri antwortete gar nicht erst darauf. Sie presste sich nur fester an Jessy und heulte wieder lauter. Und dann legten die beiden Männer aus dem Krankenwagen sie auch schon auf eine Trage und schoben sie ins Auto und unsere Eltern stiegen mit ein. Und ab ging's ins nächste Krankenhaus. Und

Randy, Tim und ich konnten nichts anderes mehr tun, als dem Wagen nachzuschauen, bis er nicht mehr zu sehen war. Erst danach zog ich meine Jacke wieder an und zu dritt brachten wir Rieke nach Hause.

Aber wie still es nun zu Hause war! Unsere Wohnung erschien mir so leer – fast wie ausgestorben. Richtig unheimlich war das. Sogar der lustige kleine Weihnachtsmann auf unserem Adventskranz kuckte traurig. Und die Plätzchen auf dem Teller gleich daneben, die Jessy und Miri gebacken hatten, schienen sich dafür zu schämen, dass sie so gut schmeckten.

Und Randy und Tim blieben auch nicht mehr lange. Was hätten wir denn jetzt noch unternehmen, was hätte uns noch Spaß machen können? Unsere Eishockeyschläger, wie nutzlos erschienen sie uns plötzlich.

»Wird schon nichts wirklich Ernstes passiert sein«, sagte Randy dann nur noch, bevor Tim und er gingen. Er spricht ja oft wie ein Großvater, aber diesmal gefiel mir das. An diesem Tag, nachdem das mit Miri passiert war, kamen wir uns alle drei gleich viel erwachsener vor.

Als Randy und Tim dann weg waren, spazierte ich lange durch alle Räume, schaffte es einfach nicht, mich hinzusetzen. Dabei war ich doch auch vorher öfter mal allein zu Hause und da war das nicht so gewesen.

Rieke schien es nicht viel anders zu gehen. Sie trappelte immer neben mir her, ließ mich nicht aus den Augen. Und manchmal fiepte sie leise, als wollte sie mir sagen, wie leid ihr das tat, dass Miri ihretwegen so böse ausgerutscht war.

»Nein!«, tröstete ich sie und kraulte ihr den Hals. »Dafür kannst du nichts. Für so was kann keiner was. Miri … Miri hat eben Pech gehabt.«

Etwas Besseres, nicht ganz so Hilfloses fiel mir gerade nicht ein, so einsam und allein, wie ich mich fühlte.

Erst nach fast drei Stunden kamen Mo und Jessy aus dem Krankenhaus zurück.

Ohne Miri. Sie musste dort bleiben, hatte sich auf ganz blöde Weise das Bein gebrochen. Nicht nur ein Knochen, gleich mehrere waren angeknackst und mussten gerichtet werden. Und danach, so hatte der Arzt gesagt, müssten sie erst wieder richtig zusammenwachsen. Vorher würde Miri nicht wieder gehen können. Und auch das ziemlich lange nur mit »Gehhilfen«, also mit Krücken.

Eine schöne Adventsbescherung! Wer hatte denn jetzt noch Lust auf Plätzchen? Und als Jessy zu mir sagte: »Ja, Paulchen, jetzt ist Rieke erst mal für eine ganze Weile nur noch *unsere* und damit immer öfter auch *deine* Rieke, das ist doch wohl klar?«, was hätte ich darauf antworten sollen? Gab's da was zu diskutieren?

Ich versuchte es jedenfalls. Aber eigentlich nur, weil Jessy und Mo es ganz selbstverständlich fanden, dass nun auch ich für Rieke verantwortlich war. »Ich hab's ja gewusst«, sagte ich. »Jetzt bleibt das Gassigehen an mir hängen. Und das, obwohl *ich* ja gar keinen Hund wollte.«

»Ja«, sagte Jessy, »so ist das eben manchmal in einer Familie. In Notfällen muss der eine für den anderen einspringen – so wie er es ja auch von den anderen erwartet, wenn er mal auf die Nase fällt.«

Auch dagegen kann man schlecht was sagen, wenn man nicht ganz doof dastehen will. Also musste ich mich von jetzt an echt viel um Rieke kümmern, egal ob mir das Laune machte oder nicht.

Und so gingen nun meistens Mo und ich mit Rieke Gassi, weil Jessy ja nicht immer zu Hause war. Morgens zuckelte Mo mit Rieke los, und wenn ich aus der Schule kam, war ich dran. Das erste Mal schnappte ich sie mir gleich nach der Schule, das zweite Mal am Nachmittag. Abends gingen mal Mo, mal Jessy mit ihr und mal alle beide. Oder wir gingen zu dritt. Was Rieke immer ganz besonders toll fand. Sie mag es, wenn möglichst viele vom »Rudel« beisammen sind. Ihre tollsten Sprünge bekommen wir dann zu sehen. Immer schwerer fiel es mir, nicht zu verraten, dass auch ich mich freute, wenn Mo und Jessy über sie lachten.

Fast zwei Wochen lag Miri im Krankenhaus. Ihr rechtes Bein, geschient und verbunden, war nur noch ein einziger weißer, schwerer Klotz. Sie konnte nichts anderes tun, als im Bett zu liegen und sich von uns oder ihren Freundinnen besuchen zu lassen. War ihr Besuch wieder weg, las sie die Bücher, die wir ihr mitgebracht hatten, oder sie schaltete den Fernseher ein. Aber das ging nur, wenn das andere Mädchen, das bei ihr im Zimmer lag, auch fernsehen und dasselbe Programm sehen wollte.

Rieke durften wir natürlich nicht mitnehmen. Hunde im Krankenhaus? So was ist strengstens verboten. Ich konnte Miri nur jede Menge Fotos von ihr zeigen. Alle mit meinem Handy aufgenommen: Rieke im Schnee, Rieke, wie sie gerade ein »Würstchen« fabriziert, Rieke zusammengerollt auf ihrer Decke.

Ich fotografierte Rieke in dieser Zeit oft. Aber das nicht nur, um Miri einen Gefallen zu tun. Ich zeigte die Fotos auch in der Klasse herum. Macht ja Spaß, mal so richtig beneidet zu werden. Funktionierte auch jedes Mal total gut. Besonders die Mädchen fanden Rieke »irre süüß«.

Eine Art Lohn für meine Gassirennerei, das Ganze. Und mit der Zeit – na ja, ich geb's zu – machte es mir sogar Spaß, mit ihr in den Schnee hinauszustapfen.

Wie sie es liebt, wenn andere Hunde sie jagen! Kaum sieht sie einen, der auch Gassi geführt wird, schon rast sie zu ihm hin. Und dann lässt sie sich von ihm durch den Stadtpark hetzen. Über die ganze Wiese hinweg. Um alle Bäume herum. Durch die dichtesten Büsche hindurch.

Nur ganz am Anfang, da ärgerte mich das. Weshalb wollte sie denn nicht selber mal jagen? War sie etwa ein *feiger Hund?* Bis ich es endlich raffte: Das ist eben ihr Charakter! Sie *will* den anderen Hunden gar nicht nachhetzen. Vor ihnen weglaufen und immer neue, schlaue Haken schlagen, um nicht eingeholt werden zu können, egal um wie viel größer ihre Jäger sind, das ist ihr Ding. Mit Feigheit hat das nichts, aber auch gar nichts zu tun.

Bald war ich stolz auf sie. Besonders die supergroßen, eher steifen Hunde – gegen Rieke hatten sie keine Chance! Manchmal glaubte ich sogar, dass sie heimlich über sie lachte.

Und dann streichelte ich sie.

Mit Rieke Gassi zu gehen, war jetzt wirklich keine große Sache mehr. Ich durfte es nur nicht zeigen, weil ich ja eigentlich immer noch gegen einen Hund war. Also zog ich jedes Mal mit einem total muffligen Gesicht los. Erst auf der Straße brauchte ich nicht mehr zu schauspielern.

Konnte Rieke sich nicht jagen lassen, weil weit und breit kein anderer Hund zu sehen war, dann buddelte sie eben mit ihren Vorderpfoten ein Loch in den Schnee, bis die feuchte Erde kam. Auch das machte ihr Spaß. Im Nu war ihr Schnauzbart voll Schnee und Erde und sie sah aus wie ein Maulwurf und alle Leute mussten über sie lachen. Natürlich dachten sie, Rieke wäre *mein* Hund.

Am allerliebsten aber sprang Rieke über irgendwas hinweg – über die zugeschneiten Bänke im Stadtpark, über einen kleinen Busch oder über den niederen Ast eines Baumes, der weit genug hervorragte. Springen, auch das ist ihr Ding und das kann sie ja auch supergut.

Ich fand das cool, und so kam ich auf eine Idee: Zirkusattraktion Rieke. Zu Hause, im Flur, stellte ich im Abstand von einem Meter zwei Stühle nebeneinander und spannte von einem zum anderen eine Schnur. Dann sprang ich drüber und rief ihr zu: »Hopp, Rieke! Hopp!«, damit sie es mir nachtat.

Sie sah mich an und rührte sich nicht!

Ich sprang noch mal – und da lief sie unter der Schnur durch. Die war wohl viel zu dünn, sie konnte sie gar nicht sehen.

Also hängte ich ein Handtuch über die Schnur, sprang noch mal und rief wieder: »Hopp, Rieke! Hopp!«

Und wirklich, diesmal sprang sie.

»Fein, Rieke, fein!« Ich lobte sie, klatschte in die Hände und sprang selbst nicht mehr, sagte nur noch: »Hopp, Rieke! Hopp!«

Und schon war sie darüber hinweggesprungen.

Wieder klatschte ich Beifall, wieder lobte ich sie und wieder ließ ich sie springen. Für Rieke jetzt gar kein Problem mehr. Sie sprang, als hätte sie schon an drei Olympiaden teilgenommen.

Also übten wir von jetzt an jeden Tag. Allerdings nur, wenn Mo gerade einkaufen war. Jessy und er durften davon nichts mitkriegen. Rieke war noch immer Miris Rieke. Nur solange Miri im Krankenhaus lag, wollte ich mich *opfern.* Na ja, und wenn ich mich schon opferte, dann wollte ich wenigstens Spaß haben.

Aber diese Sprünge waren noch lange nicht die Hauptattraktion. Die fiel mir erst ein, als es noch kälter geworden war und alle Straßen und Plätze erst total vereist und dann, als es wieder taute und schneite, voll eisigem Schneematsch waren. Wenn ich jetzt mit Rieke Gassi ging, hatte sie bald kleine Eisklumpen an den Pfoten. Die mussten ihr richtig wehgetan haben. Auch fiel ihr das Laufen dann immer schwerer, weil die Klümpchen ja immer größer wurden.

Zuerst taute ich diese Eisbröckchen alle paar Minuten auf. Dazu brauchte ich nur meine Handschuhe auszuziehen und ihre Pfoten in meine warmen Hände zu nehmen, bis alles Eis zu Wasser geworden war. Doch half das nicht lange. Und so kam ich auf die Idee mit den Stiefeln.

Im Schrank hing ja noch die alte gelbe Regenjacke von mir, die mir längst nicht mehr passte. Die ließ kein Wasser durch und erst recht kein Eis. Ich holte sie raus, setzte mich hin und schnitt acht kleine, stiefelförmige Teile aus. Immer zwei nähte ich zusammen, sodass vier Stiefelchen daraus wurden.

Kaum war ich damit fertig, ging ich mit Rieke Gassi. Und auf der Straße zog ich ihr die Stiefel an.

Sie ließ sich das auch gefallen. Aber dann stand sie nur da, sah mich an und rührte sich nicht.

Ich ging ein paar Schritte von ihr fort, um sie zu locken: »Komm, Rieke, komm!«

Rieke aber rührte sich nicht, stand da wie in all dem Matsch festgefroren.

Ich begann zu rennen. Immer weiter weg von ihr. Sie kam mir nicht nach, was sie doch sonst sofort getan hätte.

Also kehrte ich um, nahm sie an die Leine und zog.

Wie auf einer Schlitterbahn aus Seife rutschte sie hinter mir her, machte aber keine Anstalten, sich selbst zu bewegen.

Enttäuscht zog ich ihr die Stiefel wieder aus, und gleich sprang sie an mir hoch, als hätte ich sie von irgendwelchen ganz schlimmen Fesseln befreit.

Wieder in der Wohnung, kam mir eine neue Idee: Rieke sprang doch so gern. Okay, laufen wollte sie nicht mit den vier gelben Füßlingen, aber vielleicht springen?

Ich holte die Stühle und die Schnur, stellte alles auf und zog Rieke die Stiefelchen an. Und dann befahl ich laut: »Hopp, Rieke, hopp!«

Und tatsächlich – sie sprang! Nur verlor sie dabei leider die Stiefel.

Gleich probierten wir es noch mal. Ich holte mir Schnur, band die vier Stiefel über ihren Pfoten fest und befahl wieder: »Hopp, Rieke, hopp!«

Und wieder sprang sie. Und die Stiefel blieben dran.

Ich war so stolz auf uns, dass ich lachen musste. »Toll, Rieke!«, rief ich. »Toll! Könntest echt im Zirkus auftreten! – Und jetzt noch mal!«

Und Rieke sprang. Immer wieder sprang sie. Mal von rechts nach links über die Schnur, mal von links nach rechts. Und alles mit den vier gelben Stiefelchen an ihren Pfoten.

Nur laufen wollte sie damit nicht. War sie gelandet, stand sie wieder so steif da, als wäre sie ausgestopft.

Wie bedauerte ich, dass ich Mo und Jessy nicht in den *Zirkus Pauli* einladen und auch Miri, war sie erst wieder zu Hause, nicht zeigen durfte, was Rieke bei mir gelernt hatte. Aber dann hätten sie ja erst recht gedacht, dass es dumm von mir war, gegen Rieke gewesen zu sein. Und diesen Triumph, nee, den wollte ich ihnen nicht gönnen.

GEFUNDENES UND GEKLAUTES

Endlich war es so weit: Miri wurde aus dem Krankenhaus entlassen. Doch das eigentlich nur wegen Weihnachten. Damit sie über die Feiertage nicht im Krankenhaus bleiben musste, sondern zu Hause feiern konnte.

Mo und Jessy holten sie ab – und dann stand sie vor mir: ihr krankes Bein weiß eingepackt, unter jedem Arm eine »Gehhilfe«.

Echt blöde Bezeichnung für Krücken!

Aber wie fremd sie kuckte! Als wäre sie nicht aus dem Krankenhaus, sondern von einem ungeheuer weit entfernten Planeten zu uns heimgekehrt.

Und was sagte sie als Erstes zu mir?

»Denk nur nicht, dass *ich* jetzt wieder mit Rieke gehe. Das kann ich noch ganz lange nicht.«

Ich hatte nicht gehofft, Rieke so schnell wieder loszuwerden. Wollte das vielleicht auch gar nicht. Aber dass sie gleich als Erstes so was zu mir sagte? Das fand ich irgendwie bescheuert. Also schoss ich genauso biestig zurück: »Vielleicht will sie ja gar nicht mehr mit dir gehen, jetzt, wo sie weiß, wie toll es mit mir ist.«

Damit ging die Streiterei wieder los.

»Also wirklich!«, schimpfte Jessy. »Habt ihr nichts Besseres zu tun, als euch sofort wieder anzugiften? Und das, nachdem ihr euch so lange immer nur ganz kurz gesehen habt? Seid ihr denn nun Bruder und Schwester oder nur zwei ganz dumme Streithammel?«

Ich wollte kein Streithammel sein. Miri tat mir ja immer noch leid. Wie sie da vor mir stand mit ihrem Bein, so dick geschient, dass es nicht in ihre Hose passte. Jessy hatte ihr das rechte Hosenbein überm Knie abgeschnitten, damit sie keinen Rock anziehen musste. Weil Miri nun mal keine Röcke mag. Und vielleicht hatte sie das mit dem Gassigehen ja auch nur gesagt, weil sie Angst hatte, wieder hinzufallen. Lag ja immer noch Schnee. Trotzdem: Eine so miesfiese Begrüßung durfte ich mir nicht gefallen lassen. Ich war doch nicht ihr Butler!

Miri – das hab ich schon erzählt – wollte ja immer schon nicht nur meine große, sondern auch meine viel klügere Schwester sein. Daran hatte ich mich längst gewöhnt. Aber seit sie aus dem Krankenhaus zurück war, übertrieb sie es.

Eine ganz andere Miri war da zu uns zurückgekehrt. Eine, die so streng war, dass ich sie manchmal kaum wiedererkannte. Auf ihren Krücken stolzierte sie durch die Wohnung, als wäre sie bei uns nur zu Besuch. Und zog dabei ein Gesicht, als wären wir alle – Jessy, Mo und ich und ganz besonders Rieke – schuld daran, dass ihr das mit dem Bein passiert war.

Es stank ihr, dass sie ohne ihre Krücken keinen Schritt machen konnte. Und so rührte sie sich oft stundenlang nicht aus ihrem Zimmer. Lag auf dem Bett, das dicke, weiße Bein auf ein Kissen gelegt, und las. Nur wenn ihre Freundinnen sie besuchen kamen, wurde sie munter. Dann konnte sie sogar lachen. Hab's selbst gehört.

Und ich? Ich ging weiter mit Rieke Gassi. Alles wie in den Wochen zuvor. Blieb mir ja gar nichts anderes übrig. Sollte Mo an seinem neuen Brettspiel basteln, sollte Miri in ihrem Zimmer vor sich hin brüten, dass es bis in den Flur hinausdampfte, ich zottelte jeden Nachmittag zweimal mit Rieke durch den Stadtpark und ärgerte mich nicht mal mehr darüber.

Ehrlich! Zwar sollte das keiner wissen, aber es machte mir schon fast gar nichts mehr aus, mit Rieke zu gehen. Zwar taute der Schnee jeden Tag mehr weg, und deshalb war es so feucht im Stadtpark, dass, wer nicht schwimmen konnte, einen Rettungsring gebraucht hätte, aber auch das störte mich nicht. Musste ich Rieke eben jedes Mal in der Badewanne abduschen und ihr Fell mit dem Haarfön trocknen, damit sie uns nicht die Wohnung vollspritzte, wenn sie sich schüttelte. Na und?

Nein, alles kein Problem! Wirklich nicht. Es gab überhaupt nur ein »Problem«: Riekes Fresserei!

Was da unter der weggetauten Schneedecke alles zum Vorschein kam! Von Kindern weggeworfene, inzwischen schon ganz matschige Schulbrote. Längst verschimmeltes, irgendwem aus der Einkaufstasche gefallenes Obst. Manchmal sogar Erbrochenes. Von vielen dieser »Eklikatessen« wurde mir schon vom Hinkucken schlecht. Rieke aber fraß davon. Sie fraß alles, was ihr unter die Schnauze kam und als fressbar erschien. Und je unschöner etwas aussah, desto besser schmeckte es ihr.

Nicht zu fassen! Von ihrem Hundefutter fraß sie immer nur halbe Portionen. Von dem, was da im Dreck lag, konnte sie nicht genug bekommen. Ob sie deshalb so schnell gewachsen war? Wir konnten ja zukucken, wie sie in die Höhe schoss und immer kräftiger wurde. Aber sie war ja auch so verdammt schnell. Lief ich hin, um sie von dem Zeug wegzuzerren, hatte sie jedes Mal schon die Hälfte davon verschluckt.

»Das ist ihr Jagdtrieb«, erklärte mir Mo. »Was sie sich

selbst erjagt hat, schmeckt ihr mindestens doppelt so gut wie alles Gekaufte. So wie uns die vom Baum geklauten Kirschen ja auch viel besser schmecken als die aus dem Supermarkt.«

Und dann sagte er noch, dass Hunde nun mal Aasfresser wären. »Was du als eklig empfindest, weil es längst vergammelt ist, ist für Rieke vielleicht wirklich eine Delikatesse. Hunde haben nun mal einen anderen Geschmack als Menschen.«

Ich wusste nicht, ob ich das glauben sollte. Vielleicht ist Riekes Jagdtrieb ja auch nur ein Fresstrieb, der immer dann erwacht, wenn etwas nicht in ihrem Napf liegt. Ist ja nicht so, dass ihr nur Ekliges schmeckt. Halten wir ihr einen ausgelöffelten Joghurtbecher vor die Schnauze, schleckt und leckt sie ihn so gründlich aus, dass man ihn danach als sauber in den Küchenschrank stellen könnte.

Oder die spitzen Enden von Eistüten. Bringt Mo mal vier Tüten aus dem Supermarkt mit, um sie – Überraschung, Überraschung! – irgendwann aus dem Tiefkühler zu holen, rennt sie jedes Mal ganz aufgeregt von einem zum anderen. Weil sie unbedingt mitbekommen will, wie weit jeder mit seiner Tüte ist. Damit sie auch ja keines von den klitzekleinen Endstücken verpasst. Die frisst sie nämlich auch für ihr

Leben gern. Und so noch vieles andere, wenn es nur süß genug ist. Nichts, aber auch gar nichts, ist dann vor ihr sicher. Doch natürlich, Süßes ist für Hunde nicht gut, steht in Miris Hundebuch. Also bekam sie auch diese Eistütenkrümel nur ganz selten. Ehrlich!

Eine besonders »süße« Überraschung erlebten wir mit ihr kurz vor Weihnachten. Da waren wir bei Friedels zu Besuch.

Frieder Friedel – ein Name, über den Miri und ich oft lachen müssen – ist einer von Jessys Kollegen. Ein kluger Kopf, wie sie über ihn sagt, und ein richtig guter Freund.

Friedels wohnen in einem kleinen Haus mit Garten und haben auch zwei Kinder. Falk ist ein Jahr älter als Miri, seine Schwester Anna ist erst fünf.

Kaum waren wir angekommen, wir standen noch im Flur, schrie die kleine Anna schon ganz begeistert: »Kuckt mal, der Hund!« Und gleich bückte sie sich, um Rieke zu streicheln. »Der ist aber schön. Ganz schwarz ist er ... Und der Bart! Der ist lustig! Mama, Papa, dürfen wir den behalten?«

Sie fragte das ganz im Ernst. Total verknallt war sie in Rieke. Die Erwachsenen aber lachten nur und Miri kuckte schief. Wie Anna redete! Nicht sehr viel anders als sie bis vor Kurzem.

»Aber ich wünsch mir schon so lange einen Hund.« Anna ballte die Hände zu Fäusten und tat, als wollte sie jeden Moment losheulen. »Und wenn Miri einen bekommen hat, warum bekomme ich dann keinen?«

Miri, auf ihre Krücken gestützt, wusste noch immer nicht, was für ein Gesicht sie machen sollte. Sie war ja, seit sie auf der Schlitterbahn ausgerutscht war – und das nur, weil sie Rieke nachlaufen musste –, nicht mehr ganz so scharf darauf, stolze Hundebesitzerin zu sein. Ob sie Rieke vielleicht sogar hergegeben hätte, wenn Mo und Jessy damit einverstanden gewesen wären?

Friedels aber wollten keine Hundediskussion. Garantiert hatte Anna sie damit schon genauso oft genervt wie Miri uns, bevor Rieke kam. Schnell wechselte Frau Friedel das Thema: Die arme Miri! Wie hatte das mit dem Bein denn nur passieren können? Ja, und konnte sie mit den Krücken denn überhaupt zur Schule gehen? Aber – ach ja! – es waren ja längst Weihnachtsferien ...

Und so redete sie immer weiter, nur damit die kleine Anna nicht wieder mit Rieke anfing.

Tapfer beantwortete Miri alle Fragen, und alle hörten ihr zu und waren total abgelenkt, bis Anna sich doch wieder nach Rieke umblickte – und sie nirgends finden konnte.

»Rieke ist weg«, rief sie ganz erschrocken. »Meine Rieke ist weg!«

Wir riefen Rieke und kuckten in alle Ecken, Rieke aber ließ sich nicht blicken und war auch nirgends zu finden.

Alle rätselten wir, wo sie denn stecken könnte – bis Frau Friedel plötzlich aufschrak. »Die Torte! Oben, im Schlafzimmer, steht doch die Torte ... Hab sie auf den kleinen Tisch gestellt, weil's doch da oben so viel kühler ist.« Und im Nu raste sie die Treppe hoch und wir anderen ihr nach. Und da fanden wir Rieke – über die Torte gebeugt, die sie vom Tisch gezogen hatte, und mit total tortenverschmierter Schnauze.

Sie musste die Torte, eine echt schöne, mit Früchten belegte Marzipantorte, schon in den unteren Räumen gerochen haben, war klammheimlich die Treppe hochgetigert – und immer noch dabei, sie aufzufressen.

Schon über die Hälfte war weg.

»Rieke!«, konnte Jessy nur ganz entsetzt ausrufen, und Mo packte Rieke am Halsband, um sie von der Torte wegzuziehen. Aber zu retten gab es da nicht mehr viel.

Frau Friedel sagte erst mal nichts. Bestimmt dachte sie an die viele Arbeit, die sie mit der Torte gehabt hatte. »Ist ja meine Schuld«, versuchte sie dann uns zu trösten. »Ich hätte die Tür nicht offen stehen lassen dürfen. Wusste doch, dass ihr einen Hund mitbringt. Ja, und wie hätte eure Rieke diesem süßen Duft denn widerstehen können?«

Das sagte sie aber nur zu uns. Zu Anna sagte sie: »Da siehst du's mal: So ein Hund macht nicht nur Freude.«

Nichts als ein schwacher Versuch, Anna ihren Hundewunsch auszureden. Anna aber machte nur »Ph!«. Sie hätte Rieke trotzdem gern behalten. Bis nach Silvester rief sie immer wieder bei »ihrer Rieke« an, reimte sogar: »Ich halte es nicht länger aus, meine Rieke muss ins Haus!«

Aber Friedels blieben hart. Weder Herr noch Frau Friedel arbeiten zu Hause. Anna geht noch in den Kindergarten und Falk jeden Tag nach der Schule zum Basketballtraining, hat also auch keine Zeit zum Gassigehen. Und so ging die Abstimmung in dieser Familie zwar auch 3:1 aus, nur eben 3:1 *gegen* einen Hund.

Ein paar Monate später waren wir dann wieder bei Friedels zu Besuch. Und was machte Rieke da? Sie flitzte gleich die Treppe hoch, wollte sofort wieder ins Schlafzimmer. Sie hatte die Torte noch längst nicht vergessen.

Doch jetzt hatte Frau Friedel ihr Prachtstück lieber auf den Schrank gestellt. Von dort oben duftete es zu Rieke hinunter – diesmal nach Erdbeeren und Sahne –, sie aber kam nicht ran. Da nützte auch das traurigste Fiepen nichts.

Aber das war erst viel später. Zu Weihnachten, nicht lange nachdem Rieke sich Friedels Torte eingeschoben hatte, leistete sie sich noch so ein Ding. Diesmal bei uns zu Hause – und direkt am Heiligabend.

Gleich nach der Bescherung war es. Gut gelaunt saßen wir am Küchentisch, um uns Jessys Kartoffelsalat mit Würstchen schmecken zu lassen, redeten viel und lachten oft – und merkten erst nach einer ganzen Weile, dass Rieke nicht in der Küche war. Sonst sitzt sie ja immer neben dem Tisch, wenn wir essen. Bei jedem Mittag- oder Abendessen sitzt sie dort und schaut zu uns hoch. Immer in der Hoffnung, dass was vom Tisch fällt, das sie sich schnappen kann. Dabei haben wir ihr noch nie etwas direkt vom Tisch gegeben. In Miris Hundebuch steht ja, man soll das nicht tun, damit ein Hund sich nicht das Betteln angewöhnt.

»Mist!« Jessy sprang auf. »Omas Mürbchen!«

Auf dem niedrigen Tisch im Wohnzimmer, gleich neben dem Tannenbaum, stand die große Schale mit Omas selbst gebackenen Mürbchen, tolle, ganz knusprige, auf der Zunge zergehende Mürbekekse, die sie uns jede Weihnachten schickt. Wir aber hatten nicht daran gedacht, Rieke in die Küche mitzunehmen und die Wohnzimmertür zu schließen. Weil wir mal wieder total abgelenkt gewesen waren. Diesmal von all dem Schenken und Beschenktwerden.

Wir stürzten ins Wohnzimmer – und konnten gerade noch sehen, wie Rieke sich mal wieder den Bart ableckte. Von Omas Mürbchen waren nur noch Krümel übrig geblieben.

»Rieke!«, schrie Jessy ganz entsetzt und stampfte mit dem Fuß auf, wie um Rieke Angst zu machen. Aber das wohl mehr vor Ärger auf sich selbst und aus Sorge, dass Rieke sich mal wieder überfressen haben könnte. Friedels Torte war ihr gar nicht gut bekommen. Ein solcher Durchfall hatte sie geplagt, dass alle halbe Stunde einer mit ihr Gassi gehen musste.

Schuldbewusst legte Rieke die Ohren an. Ihr bester Trick, uns weich zu stimmen.

»Nee, nee! Das klappt diesmal nicht.« Jessy drohte ihr mit dem Zeigefinger, musste sich aber das Lachen verkneifen. »Dafür muss das Fräulein von Ebenholz wirklich mal bestraft werden.«

Und gleich trat sie an den Tannenbaum, an dem auch zwei in Weihnachtspapier gewickelte und mit rotem Schmuckband befestigte Würstchen hingen. Riekes Weihnachtsgeschenk. Sie band die beiden Extra-Würstchen los und wickelte sie aus und hielt sie Rieke vor die Nase. »Na, riecht das gut?«

Rieke schnüffelte nur kurz daran, dann riss sie schon die Schnauze auf. Kaum zu glauben: Sie hätte die beiden Würstchen auch noch gefressen, wenn Jessy sie nicht rechtzeitig weggezogen hätte. »Nein, meine Liebe!«, sagte sie streng. »Die kommen zurück in den Kühlschrank. Wer sich selbst beschert, der bekommt eben sonst nichts.«

Und damit war Rieke über die Feiertage auf Diät gesetzt, wie Jessy das nannte.

Das wusste Rieke aber nicht. Und so saß sie an diesem Heiligabend, während wir in der Küche weiter unsere Würstchen mit Kartoffelsalat verdrückten, bald doch wieder neben dem Tisch und sah zu uns hoch. Und das mit der unschuldigsten Miene der Welt. Und später am Abend gab sie uns ein Konzert: Omas Mürbchen meldeten sich. Ein Weihnachtslied nach dem anderen pupste Rieke uns vor. Und bei jedem Pupser legte sie die Ohren an, weil ihr die Geräusche, die sie machte, selbst nicht ganz geheuer vorkamen.

Rasch sperrten wir sie ins Bad. Es war besser, sie verdaute, was sie uns geklaut hatte, hinter einer Tür.

Ja, und die Geschichte von der Butter? Soll ich die auch noch erzählen?

Das war viele Wochen später. Miri konnte wieder ohne Krücken gehen und war von Mo einkaufen geschickt worden. Als sie wiederkam, packte sie in der Küche die Taschen aus und legte erst mal alles auf den Tisch. Kaum war sie damit fertig, klingelte ihr Handy. Ihre Freundin Conny war dran.

Ich saß gerade über den Schularbeiten und stöhnte nur. Um diese Zeit ruft ja immer eine von ihren Freundinnen an. Und dann legt Miri sich auf ihr Bett und die beiden Mädchen reden, bis sie Fussel an die Lippen bekommen. Hoffte nur, dass Miri nichts Tiefgekühltes eingekauft hatte, weil das inzwischen garantiert auftauen würde. Hingehen und das Eingekaufte in den Kühlschrank oder den Tiefkühler legen wollte ich nicht. Miris Schuld, wenn sie so lange quatscht, dachte ich.

Irgendwann waren Conny und Miri dann fertig und ich hörte, wie Miri wieder in die Küche ging – und gleich darauf aufschrie, dass es durch die ganze Wohnung hallte. »Rieke, du Mistvieh!«, schrie sie. »Was hast du denn jetzt schon wieder angestellt?«

Ich lief hin – und worüber schimpfte Miri?

Rieke hatte die Butter aufgefressen! Die ganze 250-Gramm-Packung hatte sie verschlungen. Die Butter hatte zu dicht an der Tischkante gelegen. Rieke hatte sich nur kurz aufrichten und die Vorderpfoten auf den Tisch legen müssen und schon hatte sie die Packung in der Schnauze. Und danach einfach runtergeschluckt. Mitsamt dem Papier!

Mo kam auch angelaufen. Zu dritt sorgten wir uns, dass Rieke von der vielen fetten Butter ganz bestimmt wieder Durchfall bekommen würde. Und so war es dann ja auch. Als Miri am Abend mit ihr Gassi ging, kam alles wieder raus. Und das wie mit der Pistole geschossen. Auch das Papier.

Und was stand drauf?

Frische deutsche Markenbutter.

NICHT FÜR ALLE FAHRRÄDER DER WELT

Gut, dass Miri wieder Gassi gehen konnte. Sie wollte aber, dass auch ich weiter mit Rieke meine Runden drehte. Geschwister müssen *alles* teilen, sagte sie, das Schöne und das Nicht-so-Schöne. Dass Rieke ja eigentlich noch immer allein *ihre* Rieke war, das musste sie im Krankenhaus vergessen haben.

Ich hätte ja auch gar nichts dagegen gehabt, öfter mal mit Rieke Gassi zu gehen. *Wollte* das sogar, auch wenn ich das Miri gegenüber nie zugegeben hätte und Mo und Jessy das besser auch nicht wissen sollten. Also wäre eigentlich alles gut gewesen, wenn Miri nur nicht immer wieder irgendwelche blöden Ausreden erfunden hätte, um selbst nicht gehen zu müssen. Nur deshalb kam ich mir bald doof vor.

Aber ich sagte nichts. Öfter ging ja auch Mo mit. Vielleicht, weil er nicht wollte, dass ich wegen Miris ewigen Ausreden Stress machte. Oder weil er wusste, dass ich mich gern mit ihm unterhalte, wenn wir mal allein sind. Wir können dann ja ganz anders miteinander reden. Mehr »von Mann zu Mann«, wie er das nennt.

Er erzählte mir, welche Schwierigkeiten ihm die Arbeit an seinem neuen Spiel machte. Weil er nämlich, wenn er darüber redet, oft die besten Einfälle hat. Es sollte ja ein Spiel werden, an dem Kinder *und* Erwachsene ihren Spaß haben. Ein echtes Familienspiel. Wenn die ganze Familie um einen Tisch sitzt und sich mit einem spannenden oder lustigen Brettspiel beschäftigt, so was gefällt ihm.

Dennis aus meiner Klasse findet Brettspiele altmodisch. Und »suuuperlangweilig«. So was spielt doch heute keiner mehr, sagt er. Aber kann das sein, wenn so viele davon verkauft werden?

Doch will ich nicht mit ihm darüber streiten. Sonst denkt er nur, ich will Mo verteidigen.

Das Spiel, das Mo gerade in Arbeit hatte, heißt *Der Zehner-King*. Ein Würfelspiel, mit dem man seinen Gewinn verdoppeln, verdreifachen und als Höhepunkt sogar verzehnfachen kann. Es wird mit Spielgeld gespielt, doch kann man sich auch verabreden, richtiges Geld einzusetzen. Gibt ja Leute, denen ein solches Spiel erst dann richtig Spaß macht.

Hab am Anfang nicht alles verstanden, was Mo mir erklärt hat. Aber immerzu genickt. Mo schwärmte so voller Begeisterung von seiner neuen Idee, da wollte ich ihn nicht enttäuschen.

Ist immer eine große Sache, wenn Mo mitgeht. Meistens wanderten Rieke und ich aber allein durch den Stadtpark. Und da stand ich einmal vor dem Ententeich und Rieke ließ sich mal wieder jagen. Ein großer Labrador hetzte ihr nach. Immer rundherum um den Teich ging es. Ich sah ihr nach und freute mich über ihre schlauen Haken, als auf einmal Theo Kühn neben mir stand.

Theo geht in meine Klasse und ist ziemlich dick. Im Sportunterricht wird er immer als Letzter in die Mannschaft gewählt, egal ob wir Fußball, Handball oder Basketball spielen. Aber sonst ist er ganz in Ordnung.

Theo sah Rieke um den Teich flitzen und wie der Labrador, der immer wieder verdutzt stoppte und schon bald nur noch lustlos hinter Rieke hertrabte, am Ende aufgab und zu seinem Frauchen zurückkehrte. Das gefiel ihm. Er lachte vor Vergnügen.

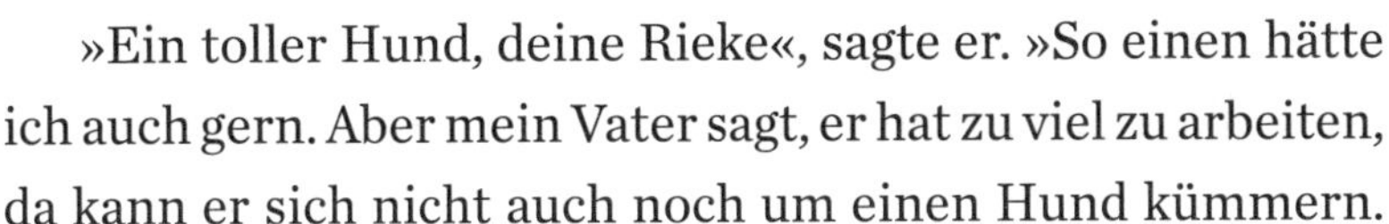

»Ein toller Hund, deine Rieke«, sagte er. »So einen hätte ich auch gern. Aber mein Vater sagt, er hat zu viel zu arbeiten, da kann er sich nicht auch noch um einen Hund kümmern.

Weil den am Ende ja doch immer die Erwachsenen am Hals hätten. Kinder würden nur immer alles haben wollen und es dann doch bald links liegen lassen. Und meiner Mutter machen Hunde zu viel Dreck. Hab meinem Vater versprochen, mich ganz allein um den Hund zu kümmern, und meiner Mutter, immer gleich allen Dreck wegzumachen. Aber sie glauben mir nicht.«

Das war so ähnlich wie bei Friedels und wie es lange auch bei uns gewesen war. Nur dass es bei Friedels und uns die Mädchen waren, die auf Hunde standen, und nicht die Jungen.

Doch wie Theo jetzt dastand und Rieke nachblickte! Richtig sehnsüchtig kuckte er. Und da sagte ich plötzlich etwas ganz Blödes: »Wenn du willst, kannst du Rieke haben.«

Keine Ahnung, wie mir etwas so Bescheuertes einfallen konnte. Vielleicht spukte der Ärger über Miris letzte faule Ausrede noch in meinem Kopf herum. Ehrlich: Es sollte wirklich nur ein Scherz sein! Wie hätte ich denn ahnen können, dass Theo ein solches Angebot ernst nahm?

Doch wie freudig er mich gleich darauf ansah! – Kein Zweifel, er glaubte wirklich, ich wollte Rieke loswerden.

Schnell versuchte ich, ihn wieder davon abzubringen. »Natürlich gebe ich sie dir nicht einfach so«, sagte ich. »Du musst mir irgendwas anderes für sie geben.«

»Was willst du denn haben?«, fragte er gleich. Er glaubte tatsächlich, ich würde mich auf ein Tauschgeschäft einlassen.

»Was hast du denn anzubieten?« Ich spielte den eiskalten Geschäftsmann. War nicht so ganz okay von mir, aber eine gute Gelegenheit, einfach alles abzulehnen, was er mir anbieten würde. Um mich so aus der Sache herauszuwinden. »Lass dir was Schlaues einfallen. Mach mir ein Angebot, das ich nicht ablehnen kann!«

Ein Spruch aus einem Gangsterfilm. Wenn Miri oder ich von Mo etwas wollen, auf das wir ganz scharf sind, und er uns ein bisschen zappeln lassen will, bringt er den an. Theo aber fiel nichts ein, was er besaß und echt einen Hund wert war. Weshalb ich dieses ganze Tauschgeschäft schon für erledigt hielt.

»Lass dir Zeit«, tröstete ich ihn. »Ist ja nicht eilig.« Und damit rief ich Rieke, leinte sie an und ging mit ihr nach Hause.

Und hatte nicht einmal ein schlechtes Gewissen.

Ja, war wirklich nicht okay, was ich Theo da eingeredet hatte. Aber nie, nie, nie hätte ich gedacht, dass er auf dieses »Tauschgeschäft« eingehen würde. Deshalb hatte ich das Ganze am nächsten Morgen schon vergessen.

Theo hatte nichts vergessen.

Er musste an diesem Morgen extra früh zur Schule gegangen sein. Als ich kam, stand er schon vor dem Schultor. Bibbernd vor Kälte. Und schon von Weitem rief er mir zu: »Du kannst alle meine Bücher haben.«

Wie gerade erst aufgewacht kuckte ich ihn an. »Was soll ich denn damit?«

»Na, lesen!«, rief er begeistert. »Ich hab so viele Bücher, die schaffst du nicht mal in einem Jahr. Du gibst mir Rieke und ich geb dir dafür alle meine Bücher.«

Erst jetzt klickte es in meinem Kopf: Er dachte immer noch an das Tauschgeschäft Hund gegen irgendwas.

»Das ist unfair«, versuchte ich mich rauszureden. »Du kennst deine Bücher ja schon, da gibst du sie leicht weg.«

»Kennst du Rieke etwa nicht?«

Was für ein total bescheuerter Vergleich! »Aber ein Hund ist doch kein Buch.« Ich spielte den Beleidigten. »Der lebt doch richtig. Den hat man lieb. Der stellt ja auch immer wieder irgendwas Neues an. Nicht mal tausend Bücher sind einen Hund wert.«

Wieso kapierte Theo denn nicht, dass ich mein Gequatsche am Ententeich gar nicht ernst gemeint haben *konnte?* War er so sehr in Rieke verliebt, dass sein Verstand ausgesetzt hatte?

Musste so gewesen sein. Denn wie enttäuscht er mich jetzt ansah!

Die Sache wurde mir echt peinlich, und so lief ich lieber schnell durchs Tor, anstatt noch irgendwas zu sagen, das ihm vielleicht wieder Hoffnung gemacht hätte.

Theo aber wollte und wollte nicht aufgeben. In der großen Pause fing er mich auf dem Schulhof ab. »Du kannst zu den Büchern auch das Regal haben. Das brauche ich dann ja nicht mehr.«

Was sollte ich denn *dazu* sagen? »Hab selber eins«,

knurrte ich nur und lief zu Randy, Cem und Tim, um nicht weiter mit Theo reden zu müssen.

Theo aber blieb an mir dran. Nach der letzten Stunde stand er vor der Klassenzimmertür. »Wollen wir zusammen nach Hause gehen?«, fragte er.

Das konnte ich nicht ablehnen. Wir haben ja den gleichen Schulweg. Doch ging ich sehr schnell. Theo musste sich Mühe geben, mit mir Schritt zu halten. Trotzdem überlegte er immer weiter, was er mir zum Tausch gegen Rieke anbieten könnte. Seine fast neue Playstation? Seine fast nie gebrauchte Action-Kamera? Ich schüttelte zu allem nur den Kopf, wollte nur rasch nach Hause, um Theo endlich los zu sein.

Aber jetzt – was bot Theo mir, als ihm nichts anderes mehr einfiel, da plötzlich zum Tausch an? Sein Rad! Sein supertolles, mit allen technischen Finessen ausgestattetes Rad, das er erst vor einem halben Jahr geschenkt bekommen hatte.

»Ich fahr ja gar nicht gerne Rad«, sagte er. »Schon gar nicht, wenn es immer nur bergan geht.«

Vor Schreck wusste ich nicht, was ich sagen sollte. Dieses Rad, auf das alle Jungen in der Klasse neidisch waren, gegen Rieke?

Klar, Theo fuhr nicht gerne Rad! Er mochte ja überhaupt nichts Anstrengendes. Doch dieses tolle, teure Rad so einfach weggeben? Für einen Hund?

»Das erlauben deine Eltern nie«, sagte ich. Das Einzige, was mir dazu einfiel.

Theos Antwort: »Ich frag sie erst gar nicht. Und wenn sie's merken, ist es zu spät. Geschäft ist Geschäft!«

Das war mir mal wieder zu doof. »Wenn Kinder Geschäfte machen, gelten sie nicht«, widersprach ich. »Für so was gibt's nämlich Gesetze, und dann muss alles wieder zurückgegeben werden. Hab das mal im Fernsehen gesehen. Und einen Hund kann man sowieso nicht einfach hin und her tauschen. Das versteht er nicht. Da wird er krank und stirbt vielleicht sogar.«

Merkt ihr was? Damit hatte ich mir selbst widersprochen. Ein echtes Eigentor. Wieso hatte ich Theo Rieke denn überhaupt erst angeboten, wenn ich das alles so genau wusste?

Also wartete ich nur noch darauf, dass Theo mir die passende Antwort an den Kopf knallte. Theo aber dachte allein an Rieke – und dass sie unbedingt sein Hund werden sollte. »Na gut!«, sagte er. »Dann muss ich meine Eltern eben erpressen. Sie sollen sagen, was besser für mich ist: Den ganzen Tag auf dem Bett zu liegen oder am Computer zu zocken und das Rad im Keller verstauben zu lassen – oder jeden Tag drei- oder sogar viermal mit Rieke um die Wette zu laufen.«

Wie raffiniert! Theos Eltern schimpften ja oft darüber, dass er immer nur auf dem Bett herumlag und las oder stundenlang auf den Bildschirm starrte. Sie sorgten sich um seine Gesundheit, wollten, dass er sich mehr bewegte und abnahm ...

Trotzdem: Dagegen hätte ich mein Smartphone verwettet, auf ein solches Tauschgeschäft würden sich Theos Eltern nie einlassen. Rieke hatte ja nur tausend Euro gekostet und

Theos tolles Rad, das ihm Lust aufs Radfahren machen sollte, vielleicht sogar zwei- oder dreitausend. Kühns waren nicht arm, aber auch nicht gerade Millionäre. Warum sollten sie sich auf diesen Tausch einlassen? Auch wenn sie die Idee mit dem Gassi-Sport vielleicht gut fanden, einen Hund konnten sie doch überall kaufen. Und das für viel weniger Geld als tausend Euro.

»Na gut!«, sagte ich. »Dann frag sie!« Hauptsache, Theo fiel mir nicht länger mit seinen Tauschangeboten auf den Wecker.

Er strahlte. »Und wenn sie Ja sagen, dann ist das Geschäft perfekt?«

»Klar!« Ich konnte nur noch müde nicken. War mir ja so was von sicher, dass es gar nicht erst zu diesem Tauschgeschäft kommen würde. Ein *bisschen* komisch allerdings war mir doch. – Wenn ich das alles doch nur vorher gewusst hätte! Ich hätte mir lieber die Zunge abgebissen, anstatt Theo auf Rieke scharf zu machen.

Wie die Sache weiterging? Am Abend klingelte bei uns das Telefon. Und als ich hinlief, den Hörer abgenommen und meinen Namen gesagt hatte, wer war dran? – Theos Vater!

»Ist dein Vater zu Hause?«, wollte er wissen. »Oder deine Mutter?«

Ich konnte nur nicken, brachte vor Schreck kein Wort heraus.

»Bist du noch dran?«, fragte Theos Vater.

Wieder nickte ich erst nur, dann hauchte ich ein leises »Ja« vor mich hin.

»Na, das ist ja fein!« Bin mir sicher, dass Theos Vater in diesem Augenblick gegrinst hat. »Dann wirst du mir ja verraten können, ob deine Eltern zu Hause sind.«

»Mei ... mein Vater ist da«, stotterte ich.

»Und? Ist er zu sprechen? Kannst du ihn mir geben?«

Mo war immer zu sprechen, wenn er am Telefon verlangt wurde. Aber das war nicht gut. Das *konnte* nicht gut sein! Jedenfalls nicht für mich. »Ich weiß nicht«, war das Einzige, was ich herausbrachte.

»Na, dann frag ihn doch bitte mal.« Theos Vater verlor langsam die Geduld.

»Gut!«, sagte ich da nur noch – und drückte Theos Vater einfach weg.

Um Zeit zu gewinnen. Mir war klar, dass er wieder anrufen würde, aber dann konnte ich ja sagen, dass irgendwas mit unserem Telefon nicht stimmte. So was kam vor. Bis dahin aber wollte ich mir überlegen, wie ich Mo beibrachte, *weshalb* Theos Vater ihn sprechen wollte. Und das möglichst schonend. Es konnte ja nur um Rieke gehen. Theos Vater telefonierte sonst nie mit uns.

Sollte ich Mo sagen, Theo hätte mich nur falsch verstanden? Nie im Leben hätte ich ihm Rieke zum Tausch gegen sein Rad angeboten! Nur dass er mal mit Rieke Gassi gehen dürfte, wenn ich dafür mal mit seinem Rad fahren durfte, *das* – und *nur* das! – hätte ich ihm angeboten.

Oder sollte ich so tun, als hätte ich Rieke satt? Einfach, weil Miri sich viel zu oft davor drückte, mit ihr rauszugehen, und mir die ewige Gassirennerei längst zu viel geworden sei? Zwar wäre das eine ziemlich dicke Lüge gewesen, aber damit hätte ich Miri mit ins Boot geholt. Dann hätte wenigstens auch sie etwas zu hören bekommen und ich nur mit halb so viel Ärger rechnen müssen.

War beides nicht okay, das war mir klar. Doch bevor ich mich für eine der beiden Lügen entscheiden konnte, läutete das Telefon zum zweiten Mal.

Erst wollte ich gar nicht abheben. Aber dann wäre ja irgendwann Mo in den Flur gekommen, um an den Apparat zu gehen. Also hätte das nichts gebracht. Deshalb nahm ich doch ab und Theos Vater fragte mich was, und zwar mit sehr ärgerlicher Stimme. Ich hörte aber gar nicht richtig zu, brachte nur schnell Mo den Hörer.

»Hier!«, stotterte ich. »The... Theos Vater möchte dich sprechen.«

»Theos Vater?«, wunderte sich Mo. »Was will er denn von mir?« Er probierte gerade was Neues an seinem *Zehner-King* aus und ließ sich nicht gern ablenken.

Keine Minute später lag ich auf meinem Bett. Mit einem ganz fiesen Gefühl im Bauch. Wann würde Mo kommen? Er *musste* ja kommen.

Als er dann wirklich kam, bestaunte er mich erst ein Weilchen. So, als hätte er mich noch nie zuvor gesehen. »Na, dann nimm Rieke mal an die Leine und pack auch ihren Futternapf und die restlichen Fleischbüchsen ein und bring alles zu Theo«, sagte er danach ganz cool. »Bin einverstanden mit dem Tausch. Theo hat ja wirklich ein tolles Rad. Und Miri, nein, die wird auch nichts dagegen haben, so selten, wie sie jetzt mit Rieke Gassi geht.«

Mir fiel die Kinnlade runter. Mo wollte Rieke so einfach hergeben? Hatte ich mich etwa verhört?

»Aber«, beinahe hätte ich geheult, »wie kannst du denn so was sagen? Miri, nee, die ist ganz bestimmt nicht damit einverstanden, dass wir Rieke weggeben.«

»Muss sie ja auch gar nicht.« Mo zuckte die Achseln. »Wo sie sich doch so oft vor dem Gassigehen drückt ... In Wahrheit gehört Rieke doch längst dir. Weil du ja fast immer mit ihr gehst. Und was dir gehört, das kannst du verschenken oder gegen was anderes eintauschen. Ist doch klar. Also los: Schnapp dir Rieke und nimm für alles andere die große Tasche mit, und wenn du zurückkommst, führst du mir Theos Rad vor. Vielleicht lässt du mich ja auch mal damit fahren.«

Da half alles nichts mehr, ich musste heulen. »Aber ich hab doch nur Spaß gemacht. Wirklich! Und der blöde Theo, der hat mir geglaubt.«

Puh, endlich konnte Mo sich das Grinsen nicht mehr verkneifen. »Was sagst du da? Wer auf einen Scherz hereinfällt, der ist blöd? – Gut! Wenn du das so siehst, dann gebe ich dir recht.« Und er grinste noch breiter. »Übrigens: Ich kenne da noch so einen ...«

Und damit ging er wieder.

Es dauerte ein Weilchen, bis ich gerafft hatte, was er damit gemeint hatte: Ich hatte Theo »blöd« genannt, weil er auf mein vorgetäuschtes Angebot hereingefallen war – und jetzt war ich der Blöde, weil ja auch Mo nur Spaß gemacht und ich seine Schauspielerei nicht durchschaut hatte. War doch klar: Nie im Leben hätte Mo mir erlaubt, Rieke gegen Theos Rad zu tauschen. Und Miri und Jessy, die wären erst recht nicht damit einverstanden gewesen.

Wie ärgerte ich mich über Mo! Und wie sehr danach über mich selbst. Dass ich auf eine so miese Vorstellung reingefallen war! Erst eine ganze Weile später begann ich, mich zu freuen: Also durften wir Rieke behalten? – Nicht für alle Fahrräder der Welt hätte ich sie hergegeben.

Was Theos Vater zu Mo gesagt hatte, das erzählte Mo mir, als er an diesem Abend noch mal an mein Bett kam.

Wenn er – Theos Vater – Theo einen Hund kaufen wollte, dann würde er das tun, so hatte Theos Vater klargestellt. Ein Tausch aber käme gar nicht infrage. Theo gehöre dieses Rad nämlich längst nicht mehr, weil er ja kaum damit gefahren sei. Deshalb habe Theos Vater das Rad längst seinem Neffen Louis versprochen, weil der es garantiert nicht in der Garage herumstehen lassen würde.

Wie freute ich mich, als ich das erfuhr! Ein echter Hauptgewinn.

Doch dann, gleich am Morgen in der Schule, noch bevor Theo irgendetwas sagen konnte, schimpfte ich los: »Dir gehört dein Rad ja gar nicht mehr. Dein Vater will es deinem Cousin schenken. Du hast mich reingelegt.«

War nicht so ganz okay von mir, ich weiß. Irgendwie aber musste ich mich vor Theo verteidigen.

Theos Antwort: »Was geht mich Louis an? Wäre das Rad weg gewesen, dann wäre es eben weg gewesen. Aber Rieke ist ja überhaupt nicht *dein* Hund. Sie gehört Miri und eurer ganzen Familie. Du hast mir was vorgeschwindelt.«

Mal wieder echt Theo. Als ob das mit dem »Weg ist weg« so einfach geklappt hätte! Aber wozu noch lange diskutieren? »Na, dann sind wir jetzt ja quitt«, sagte ich nur noch – und streckte die Hand aus.

Theo brauchte eine Weile, aber dann schlug er doch ein. Wir wollten ja Freunde bleiben.

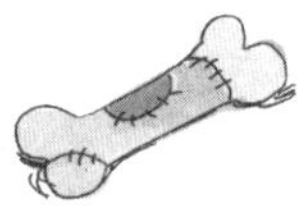

PRINZ ENZO

Miri erfuhr von dem ganzen Tauschgeschäft nichts. Mo hielt dicht. Nur wurde das mit Miris Ausreden ja immer krasser. Was mir öfter stank. Doch so lange, wie sie wenigstens ab und zu mal mit Rieke Gassi ging, sagte ich nichts. Bis sie mit einem Mal gar keine Zeit für Rieke mehr hatte. Weil sie immerzu mit ihren »Freundinnen« verabredet war, wie sie mir vorschwindelte.

Da reichte es mir. Wollte mich ja nicht zum Idioten machen lassen. Ich ging zu Miri ins Zimmer und sagte: »Heute bist du mal wieder dran. Im Fernsehen läuft die Bundesliga. Ich will Fußball kucken.« War ja ein Samstag.

Und was antwortete Miri mir da? »Tut mir leid, aber das geht nicht. Bin verabredet. Wenn du dich beeilst, versäumst du ja gar nicht viel.«

Ich aber wusste schon, mit welchen »Freundinnen« sie verabredet war. Dennis hatte mir das verraten. Ich sagte aber noch immer nichts, fragte nur ganz harmlos: »Und wenn *Rieke* sich nicht *beeilt?* Was mache ich dann?«

»Dann hast du leider Pech gehabt.« Miri zuckte die Achseln, als sei die Sache damit für sie erledigt.

Doch noch spielte ich den Trumpf, den ich in meiner Hand hielt und von dem Miri nichts wusste, nicht aus. Genoss es richtig, weiter den dummen kleinen Bruder zu spielen. »Und mit wem bist du verabredet?«, fragte ich ganz lieb.

Miris Antwort: »Das geht dich gar nichts an. Aber wenn du's unbedingt wissen willst – mit ein paar Mädchen aus meiner Klasse.«

Jetzt! Jetzt durfte ich meine Trumpfkarte auf den Tisch knallen. Diese »Mädchen aus ihrer Klasse« hatten nämlich alle denselben Namen. Sie hießen alle Enzo – und der war ein Junge aus der 9 b. Seinen Eltern gehört das Restaurant *La dolce vita,* in dem Mo und Jessy sich manchmal mit Friedels treffen. *La dolce vita* ist italienisch und heißt auf Deutsch *Das süße Leben.* Und echt »süüß«, so sieht Enzo ja auch aus. Schwarze Locken hat er und er ist supersportlich. Wenn die Mädchen in meiner Klasse von Enzo sprechen, bekommen sie jedes Mal ganz verzückte Gesichter. Dabei heißt »Enzo« auf Deutsch ja nur »Heinz«.

Ehrlich, ich bin nicht neidisch auf Enzo, nur weil er gut aussieht. Auch nicht darauf, dass er in der ganzen Schule als toller Fußballspieler berühmt ist. Aber dass Rieke seinetwegen jetzt ganz allein *meine* Rieke werden sollte, das durfte ich mir nicht gefallen lassen.

»Ich weiß schon, wie die *Mädchen aus deiner Klasse* heißen«, sagte ich ganz cool. »Die heißen alle Enzo und spielen Fußball. Aber damit du's weißt: Heute gehe ich nicht mit Rieke, heute bist du mal wieder dran. Dein Enzo kann auch mal warten.«

Und damit, ganz schnell, verschwand ich aus ihrem Zimmer und setzte mich vor den Fernseher, als würde ich nie wieder aufstehen wollen. Noch lief kein Spiel, aber Miri sollte wissen, dass es mir ernst war.

Danach lauschte ich: Was würde Miri jetzt tun?

Erst mal nichts. Aus ihrem Zimmer drang nur leise Musik. Irgendeine Playlist mit Schmusesongs. Manchmal pfiff sie sogar mit. Vielleicht probierte sie gerade ein paar von ihren Klamotten aus. Das rote Shirt zur hellen Hose oder das grüne zur schwarzen ... Sie wollte Enzo ja gefallen.

Mädchen können ja eigentlich nicht so gut pfeifen. Miri ist eine Ausnahme. Diesmal aber gefiel mir ihr Gepfeife nicht. War ja alles Absicht, die Musik und auch das Tirili. Ich sollte mitbekommen, dass es sie nicht im Geringsten störte, was ich gesagt hatte. Und dass sie auf gar keinen Fall nachgeben würde.

Nach immer mehr Musik, Gepfeife und manchmal sogar lautem Geträller von Miri war es so weit: Schalke gegen Stuttgart lief im Fernsehen – und es war höchste Zeit, dass jemand mit Rieke ging. Sie war schon ganz unruhig geworden, kam immer wieder zu mir, sah mich an und fiepte. Sie verstand nicht, was mit mir los war. Wie konnte ich denn immer noch vor dem Fernseher sitzen? Hatte ich sie etwa vergessen? Auf die Idee, zu Miri zu gehen, kam sie längst nicht mehr.

»Geh zu Miri!«, befahl ich ihr streng.

Sie gehorchte, kam aber gleich wieder zurück. Bestimmt hatte Miri »Geh zu Paul« zu ihr gesagt.

Ich blieb stur. »Geh zu Miri«, sagte ich noch mal.

Rieke lief zu Miri – und stand bald wieder vor mir. Hechelte inzwischen schon und kläffte laut. Ein Zeichen, dass sie wirklich dringend musste. Aber durfte ich nachgeben? »Geh zu Miri«, befahl ich ihr zum dritten Mal. »Und lass dich ja nicht wieder zu mir zurückschicken. Oder pinkel ihr ins Zimmer, wenn du's nicht mehr aushalten kannst.«

Noch zweimal ging es so hin und her. Vor Wut auf Miri und Angst davor, dass Rieke uns vielleicht wirklich in die Wohnung pinkelte, konnte ich nicht mehr still sitzen. – Mensch! Sollte Miri ihren Enzo doch auf seinem Handy anrufen und sagen, dass sie eine halbe Stunde später kam. Was wäre daran so schlimm? Und überhaupt: Warum kuckte Enzo denn nicht auch Fußball, wenn er doch so ein Ballgenie war?

Die arme Rieke! Sie tat mir echt leid. Aber jetzt nachgeben?

Nein, das ging nicht!

Und so kratzte Rieke in ihrer Not schließlich an Mos Tür, der noch immer an seinem *Zehner-King* herumtüftelte.

Mo rief nur: »Paul! Ist Zeit für Rieke!«

Gleich rief ich zurück: »Heute ist Miri mal wieder dran.«

Darauf Miri: »Kann heute nicht, bin verabredet.«

Eine Weile war alles still, dann kam Mo in den Flur – und das gerade noch rechtzeitig, um Miri abzufangen, die schon aus der Tür wollte. »Paul hat recht«, sagte er zu ihr. »All die Tage zuvor ist *er* gegangen. Du musst dich auch mal wieder um Rieke kümmern. Oder weißt du nicht mehr, was Herr Krummbiegel gesagt hat? Hunde sind kein Spielzeug. Wer sich für einen entscheidet, der muss auch für ihn da sein.«

Beinahe hätte Miri geheult. »Aber ich *muss* doch weg. Bin verabredet.« Und weil jetzt auch ich in den Flur kam, neugierig, wie die Sache weiterging, blitzte sie mich an, als wollte sie mich atomisieren. Wenn du Mo sagst, mit wem ich verabredet bin, dann bist du endgültig nicht mehr mein Bruder!, sollte das heißen.

Ich aber konnte gar nichts sagen, starrte sie nur an. Wie sah sie denn aus?

So was von aufgemotzt! Lippenstift, Augen schwarz geschminkt, hohe Schuhe von Jessy, dazu die neue, knallgelbe Hose und ein rosafarbener Pulli ...

Auch Mo kuckte verdutzt. »Hat eine von deinen Freundinnen Geburtstag?«, fragte er verwundert. »Gibt's 'ne Party?«

»Nee!«, gab Miri zu. Solange ich dabeistand, konnte sie Mo ja kein Märchen auftischen. »Hab nur mal was ausprobieren wollen.«

»Ach so!« Mo tat, als nehme er ihr dieses »Ausprobieren« ab. »Aber dann kannst du ja sicher vorher noch mit Rieke gehen. Verrate uns doch einfach, mit wem du verabredet bist. Ich ruf an und erkläre, warum du ein paar Minuten später kommst.«

Jetzt kamen Miri wirklich die Tränen. Wieder blitzte sie mich an. Ihrer Meinung nach war ja nur ich an allem schuld. Aber dann sagte sie spitz: »Musst niemanden anrufen, ich beeil mich.« Und schon nahm sie Rieke an die Leine und flitzte mit ihr aus der Tür.

Kaum war sie draußen, sah Mo mich an. »Hat sie 'nen Freund?«

»Keine Ahnung!« Ich zuckte die Achseln. Aber im Lügen war ich noch nie gut.

Prüfend sah Mo mich an – und dann grinste er. »Und wie heißt er?«

»Enzo.« Hatte ja keinen Zweck, weiter den Doofen zu spielen.

»Der zukünftige Bundesligamillionär?« Mo staunte. Aber

dann sagte er nur: »Na, irgendwann musste das ja mal kommen. Deine Schwester ist ja ’n hübsches Mädchen, oder?« Und damit verdrückte er sich wieder zu seinem *Zehner-King.*

Gleich am nächsten Tag hat Miri dann selbst von Enzo erzählt. Sie musste das tun, weil Jessy aufgefallen war, wie lange sie an diesem Morgen vor dem Spiegel stand. Und da hat sie Miri ein paar Fragen gestellt.

Und das Erste, was Jessy danach sagte, war: »Na, dann bring den Jungen doch mal mit, damit auch wir ihn näher kennenlernen. Wir müssen doch wissen, mit wem unsere Tochter ihre Nachmittage verbringt.«

Ich hatte Enzo inzwischen schon »näher kennengelernt«. Wenn ich mit Rieke Gassi ging, sah ich Miri und ihn öfter durch den Stadtpark schlendern. Manchmal sogar Hand in Hand. Oder ich sah sie nach der Schule gemeinsam nach Hause gehen. Mal wartete Prinz Enzo auf Prinzessin Miri, mal wartete sie auf ihn.

Trafen wir die beiden im Stadtpark und Rieke war noch an der Leine, machte ich sie immer gleich los. Damit sie zu Miri hinlaufen und Enzo ankläffen konnte. Das tat sie jedes Mal, weil Enzo ja nicht zu unserem »Rudel« gehört und Miri gefälligst in Ruhe lassen sollte.

War nicht schön von mir, ich weiß. Doch ärgerte es mich,

dass Miri jedes Mal, wenn Enzo dabei war, so tat, als wären wir uns völlig fremd. Nicht anders, als wenn wir uns auf dem Schulhof trafen.

Natürlich wusste Miri, weshalb ich Rieke immer gleich von der Leine ließ. Das machte sie wütend. »Geh zurück zu Paul!«, fuhr sie Rieke an. »Hab jetzt keine Zeit für dich.« Und zu Hause giftete sie dann: »Lass den Scheiß! Enzo kann doch nichts dafür, dass Rieke so blöd ist.«

Es war aber nicht allein Rieke, die »blöd« war – Enzo war mindestens genauso blöd. Warum machte er denn immer gleich drei Schritte zurück, wenn Rieke ihn ankläffte? Warum redete er nicht einfach mal ganz freundlich mit ihr oder versuchte, sie zu streicheln? Rieke war doch kein Löwe. Hatte er Angst um seine wertvollen Fußballerbeine? Aber wenn sie ihn hätte beißen wollen, dann hätte sie das doch längst getan.

Und dann brachte Miri Enzo das erste Mal wirklich mit. Kaum stand er vor unserer Tür, kläffte Rieke ihn noch wütender an. Jetzt war er für sie erst recht der Eindringling, vor dem sie uns beschützen musste. Anstatt sie aber mit dem Leckerli zu bestechen, das Jessy ihm in die Hand drücken wollte, spielte er den Beleidigten. Weil er doch vor keinem Hund einknicken wollte, wie er später zu Miri sagte.

Na, und Miri? Was tat *sie?* – Sie schimpfte nicht mit Enzo, sie schimpfte mit Rieke! »Was soll denn das? Lass Enzo in Ruhe!«, fuhr sie sie an. »Er ist bei uns zu Besuch und kommt jetzt öfter. Gewöhn dich dran!«

Aber Rieke wollte sich nicht an Enzo gewöhnen. Für sie war er nichts als der freche Eindringling, der ihr deutlich zeigte, dass er sie nicht mochte. Also kläffte sie jedes Mal, wenn Enzo kam. Und Miri nahm Enzo schon vor der Tür an die Hand, um ihn im Raketentempo in ihr Zimmer zu ziehen. Und danach bekamen wir die beiden nicht mehr zu sehen. Was Riekes Jagdtrieb natürlich erst recht anstachelte. Ohne Pause stand sie vor Miris Tür und knurrte feindselig.

Noch zweimal riet Jessy zu Leckerlis, mit denen Enzo Rieke freundlich stimmen sollte. »Hunde sind nun mal so«, sagte sie. »Man kann ihnen nicht ins Gewissen reden, man muss ihnen zeigen, dass man es gut mit ihnen meint.«

Enzo aber wollte noch immer nicht »einknicken«. Und Miri machte Riekes Feindseligkeit von Besuch zu Besuch wütender.

Da gab es einen Jungen, der für sie »der wichtigste von der Welt war«, und Rieke mochte ihn nicht? Ihre Freundinnen und auch meine Freunde ließ Rieke gern an sich ran. Auch Leute, die wir auf der Straße trafen – wenn sie ihr sympathisch waren, durften sie sie streicheln. Nur wenn sie Enzo sah, kläffte sie, fletschte die Zähne und knurrte. Wie sollte sie da noch Miris Freundin fürs Leben sein können? Irgendwie verstanden die beiden einander nicht mehr.

Eines Nachmittags wurde es dann ganz schlimm. Miri hatte nur mal schnell was aus dem Kühlschrank holen wollen und die Tür zu ihrem Zimmer einen Spalt weit offen gelassen. Im

Nu war Rieke zu Enzo reingestürmt, um ihm an die Hose zu gehen. Hilflos schrie er: »Weg! Weg! Weg!«

Wie der Blitz kam Miri zurückgeflitzt. »Bist du denn jetzt total übergeschnappt?«, fuhr sie Rieke an. »So eine blöde Töle hab ich ja überhaupt noch nicht gesehen.«

Das war zu viel für mich. Miri durfte Rieke doch nicht »blöde Töle« nennen! Rieke hatte Enzo ja nicht beißen, sie hatte ihn nur aus Miris Zimmer zerren wollen. Mit den Fäusten ging ich auf Miri los, Miri schubste mich weg und ich boxte zurück.

Das aber war zu viel für Rieke. Sie mag es nicht, wenn wir uns streiten. Rangeln wir mal aus Spaß miteinander, nur um zu sehen, was sie dann tut, kläfft sie jedes Mal so aufgeregt, als wollte sie uns zur Ordnung rufen. Und jetzt wollten wir einander ja wirklich wehtun. Das spürte Rieke. Erst sprang sie Miri und dann mich an, um uns auseinanderzubringen.

Und alles nur wegen Enzo!

»Sag deinem Lover, er soll gehen!«, rief ich da nur noch laut, packte Rieke im Nacken, zog sie in die Küche und machte die Tür zu. Und der stolze Schisser Enzo ging wirklich – und Miri und er mussten sich wieder im Stadtpark treffen. Und vielleicht hätte Miri Rieke jetzt wirklich fortgegeben, wenn Jessy oder Mo das vorgeschlagen hätten. Aber nein – nur über meine Leiche! Unsere Rieke gegen den schönen Enzo? Was für ein mieser Tausch!

SUPERNASEN

Manchmal muss Mo verreisen. Zu seinem Spieleverlag oder zu einer Spielemesse. Kommt er zurück, geraten wir immer wieder ins Staunen. Über Riekes Nase.

War ich nämlich gerade mit ihr Gassi und Mo ist vor Rieke und mir mit dem Fahrstuhl gefahren, riecht Rieke das schon vor der Fahrstuhltür. Und das sogar, wenn er schon vor über einer halben Stunde heimgekommen ist.

Im Fahrstuhl hält sie es dann vor lauter Begeisterung über Mos Heimkehr gar nicht mehr aus. Vor Aufregung springt sie hin und her, schnuppert in alle Ecken. Jessy, Miri und ich, wir riechen nichts. Rieke aber weiß: Unser Rudelführer – das Alpha-Tier, wie so ein »Boss« in Miris Hundebuch genannt wird – ist zurück.

In der Wohnung flippt sie dann vor lauter Freude ganz aus. Rast ins Wohnzimmer, dreht um, springt über die frei im Raum stehende Couch und rast zurück in den Flur. Aber das nur, um Mo kurz anzustupsen, wieder ins Wohnzimmer zurückzuflitzen und noch sechs-, sieben- oder achtmal über die Couch zu springen und Mo anzustupsen. Vorher kommt sie nicht zur Ruhe.

Miri und ich und auch Jessy, wir werden dann jedes Mal ein bisschen eifersüchtig. Kehren *wir* von irgendwoher heim, ist Riekes Begeisterung nicht halb so groß. Ich könnte mich tagelang neben sie auf die Hundedecke legen, ihr Unmengen Leckerlis ins Maul stopfen und sie streicheln, bis mir die Hände wehtun, über meine Heimkehr würde sie sich nie so freuen.

Aber auch wenn Rieke vor der Fahrstuhltür böse knurrt, hat sie wen ganz Besonderes gerochen. Nämlich Rocco, den weißen Pudel aus dem siebten Stock.

Rocco und Rieke hassen sich. Sind sie zusammen im Fahrstuhl, müssen sie an der Leine superkurz gehalten werden, damit sie nicht aufeinander losgehen. Rocco ist Riekes Lieblingsfeind. Und umgekehrt genauso. Wenn die beiden sich mal unangeleint treffen würden, garantiert würden sie sich gegenseitig blutig beißen.

Rieke hat aber auch Freunde unter den Hunden. Solche, die sie niemals anknurrt, sondern auf die sie gleich schwanzwedelnd zuläuft, wenn sie irgendwo einen von ihnen entdeckt. Und ihr allerbester Freund, keine Frage, das ist Jockel, der Rauhaardackel aus dem Nachbarhaus. Rieke liebt Jockel und Jockel liebt Rieke. Treffen die beiden sich, laufen sie sofort nebeneinanderher. Am liebsten würden sie immer zusammen Gassi gehen.

Und na klar, auch Jockel hat eine superfantastische Hundenase. Und deswegen ist mal was passiert, das muss ich unbedingt erzählen. Auch wenn ihr mir diese Geschichte vielleicht nicht glaubt.

Rieke war das erste Mal »heiß«. Das passiert Hundeweibchen alle halbe Jahre. Für die, die noch nie etwas davon gehört haben: So nennt man das, wenn sie bereit sind, Junge zu bekommen. Man sagt dann: Die Hündin ist heiß. Oder auch: Sie ist läufig. Rüden riechen das aus allergrößter Entfernung. Und dann wollen sie hin zu der heißen Hündin, um sich mit ihr zu paaren.

Fürs Gassigehen ist das nicht so gut. Da dürfen wir Rieke nicht von der Leine lassen und müssen wie verrückt aufpassen, ob nicht von irgendwoher ein verliebter Rüde angelaufen kommt. Denn wenn einer kommt, müssen wir Rieke auf den Arm nehmen und schnell mit ihr irgendwohin verschwinden, wohin der Rüde uns nicht folgen kann. Das macht keinen Spaß und deshalb gehen wir mit ihr in dieser Zeit immer nur ganz kurz Gassi.

Dabei ist es nicht so, dass wir nicht *wollen,* dass Rieke mal Junge bekommt. Ganz im Gegenteil! Mo und Jessy sprechen oft darüber, wie lustig das sein wird, wenn aus Rieke mal eine *Mutter Rieke* geworden ist und vier, fünf oder sogar sechs kleine Welpen um sie herumwuseln. Nur ist unsere Wohnung dafür ja viel zu klein. In zwei, drei Jahren, sagt Mo, haben wir ganz bestimmt eine größere Wohnung. Vielleicht sogar eine mit Garten. *Dann* soll Rieke Mutter werden. So lange müssen wir – und muss Rieke – noch warten.

Als Rieke das erste Mal heiß war, musste Jockel es sofort gerochen haben. Und da hat er etwas geschafft, was Mo, Jessy, Miri und mir noch immer wie ein kleines Wunder vorkommt.

Miri war mit Rieke Gassi gewesen, jetzt saß sie – froh, dass alles ohne größere Probleme abgelaufen war – über ihren Hausaufgaben. Jessy war auf Arbeit, Mo noch immer mit seinem *Zehner-King* beschäftigt und ich auf dem Weg zu Randy. Mit einem schön eingepackten *Star-Wars*-Krieger in der Hand. Randy hatte Geburtstag und ich war auch eingeladen. Kaum aber hatte ich unsere Wohnungstür aufgemacht, dachte ich, ich spinne: Wer stand da vor unserer Tür, hechelte aufgeregt und sah mich an?

Jockel!

Ich sah zum Fahrstuhl hin – die Tür war geschlossen. Und der Treppenaufgang? Die schwere Stahltür war auch zu.

Wie war der kleine Dackel in den fünften Stock hochgekommen? Er konnte doch unmöglich die fünf Stockwerke hochgelaufen sein. Mit seinen kurzen Beinen hätte er das ja gar nicht geschafft. Für jede einzelne von den hohen, steinernen Treppenstufen hätte er Klimmzüge machen müssen.

Ja, und auch die Tür zum Treppenaufgang konnte er nicht selbst aufgeklinkt haben. Er ist doch kein Elefant, hat keinen Rüssel.

Also: Zuerst musste Jockel Riekes Duft aufgenommen und Herrn und Frau Hellwege weggelaufen sein. Die beiden alten Leute, die immer zusammen mit ihm Gassi gehen, können ihm ja schon längst nicht mehr nachlaufen. Und vor unserer Haustür, da musste er dann gewartet haben, bis er mit irgendwelchen Leuten ins Haus huschen konnte. Ohne diese Leute – die Paketpost, der Briefträger oder sonst wer, der Jockel nicht kannte – wäre er ja gar nicht in den Fahrstuhl gelangt. Vielleicht dachten sie, der Hund weiß schon, wo er hingehört. Und als sie danach ausstiegen, musste Jockel drin geblieben sein. Bis irgendwann wieder Leute kamen, die sich den Fahrstuhl holten.

Er musste so lange drin geblieben sein, bis der Fahrstuhl endlich auch in unserem Stockwerk hielt.

Gut, kann auch sein, dass der Fahrstuhl zufällig gleich in unserem Stockwerk hielt.

So jedenfalls reime ich mir inzwischen alles zusammen.

Als Jockel vor unserer Tür stand, konnte ich noch längst nicht so klar denken. Mindestens eine Minute lang starrte ich ihn nur verdutzt an, dann zog ich rasch die Wohnungstür zu. Damit er nicht zu Rieke hineinlaufen konnte. Und dann rief ich Mo und Miri in den Flur, um ihnen unseren »Besuch« zu melden.

Zuerst wollten sie mir nicht glauben. Mo kniff ein Auge zu. »Ist heute schon der 1. April?« Und Miri tippte sich nur an die Stirn. Aber dann öffnete Mo doch die Tür – und musste lachen.

»Aber Jockel!«, rief er. »Wie hast du das denn geschafft, du oller Frauenheld?«

Ja, und kaum hatte Rieke den Namen Jockel gehört, kam sie schon angeflitzt. Sofort wollte auch Jockel zu ihr hin. Miri musste sie auf den Arm nehmen, ins Wohnzimmer tragen und die Tür zumachen.

Dort fiepte Rieke dann, fiepte und fiepte immer lauter und jämmerlicher und kratzte an der Tür. Sie wollte zu Jockel. Und das mit aller Macht. Den aber hatte sich Mo geschnappt.

»Tut mir leid, Jockelchen«, sagte er. »Aber es ist besser, du suchst dir 'ne Dackeldame. Die passt besser zu dir.« Und gleich rief er den Fahrstuhl und drückte mir Jockel in die Arme. »Bring ihn zu Hellweges«, bat er. »Die werden sich sicher schon Sorgen machen.«

Ich musste Jockel dann aber nirgendwo hinbringen, denn kaum waren wir auf der Straße, kam Frau Hellwege schon angerannt. »Jockel!«, rief sie ganz außer Atem. »Mein Gott, wo hast du nur gesteckt? Hab dich überall gesucht.«

Die alte Frau war so aufgeregt, dass sie kaum noch Luft bekam. Sie fasste sich ans Herz, als müsste sie es festhalten. Und dann hätte sie vor lauter Freude, ihren Jockel wiederzuhaben, beinahe geweint.

»Du böser, böser Bube!«, schimpfte sie ihn aus. »Einfach weglaufen! Wie kannst du Herrchen und Frauchen nur so etwas antun?«

Ich sagte: »Er wollte zu Rieke. Sie ist heiß.«

Da kuckte Frau Hellwege gleich wieder ganz anders. »Du Schlimmer!«, schimpfte sie jetzt nur noch leise und lächelte stolz. »Schäm dich! Du bist doch schon neun. Hört das denn nie auf?«

Und als dann endlich auch ihr Mann angelaufen kam, der im Stadtpark nach Jockel gesucht hatte, flüsterte sie ihm was ins Ohr. Und im Nu grinste er genauso stolz. »Ja, unser Jockel!«, sagte er. »Ein pfiffiges Kerlchen ist er. Und immer noch so munter.« Und dann zückte er sein Portemonnaie und schenkte mir zwei Euro. »Da, Finderlohn! Kauf dir 'n Eis. Hast du dir verdient.«

Ich nahm die zwei Euro, sagte »Danke!« und ging zu Randy. Und am Abend erzählten Mo, Miri und ich Jessy von Jockels Fahrstuhlfahrt.

Erst lachte sie, dann streichelte sie Rieke. »Hab Geduld, Riekchen!«, flüsterte sie ihr ins Ohr. »Irgendwann ist's so weit. Aber ob Jockel der Vater deiner Welpen wird? Ist vielleicht besser, wir suchen dir einen anderen aus. Einen, der einer Cäcilie von Ebenholz würdig ist.«

Darüber musste ich lange nachdenken. War ja eigentlich schade, dass Jockel nicht der Vater von Riekes Welpen werden durfte. Die beiden mochten einander doch so sehr. Aber wie Riekes Welpen dann aussehen würden? Lauter kleine Dackel mit Schnauzerbärtchen? Oder lauter kleine Schnauzer auf krummen Dackelbeinen?

Bestimmt gäb's da viel zu lachen. Nur hätten Riekes Welpen dann garantiert keine Chance, in Herrn Krummbiegels Zuchtbuch eingetragen zu werden. Weil sie dann ja keine reinrassigen Mittelschnauzer wären. Das aber, da bin ich mir sicher, wäre ihnen so was von egal. Und mir auch.

DIE EINE UND DIE ANDERE MAXI

Endlich wurde es Frühling. Da machte es noch mehr Spaß, mit Rieke Gassi zu gehen. An jedem kleinen gelben oder weißen Blümchen oder grünen Grashalm schnupperte sie, als könnte sie gar nicht genug davon bekommen.

Jetzt gingen wir öfter auf den Fußballplatz. Männer und Frauen, Jungen und Mädchen trainieren dort. Ist spannend, ihnen zuzusehen. Viele der Jungen und Mädchen, die dort über den Rasen laufen, kenne ich ja aus der Schule. Ihr größter Fan aber ist Rieke. Kaum waren wir das erste Mal dort, flitzte sie schon los – um mitzuspielen!

Echt! Sie wollte dem Ball nicht etwa nur nachlaufen oder

ins Leder beißen. Sie sprang hinter ihm her, um ihn mit der Schnauze vorwärtszustoßen. Oder sie hüpfte hoch in die Luft, um ihn wegzuköpfen.

Die Jungen, die dort trainierten, als wir das erste Mal zusahen, fanden das cool. Sogar ihr Trainer musste irgendwann grinsen. Anfangs hatte er noch ärgerlich gekuckt und mir zugerufen, ich solle Rieke gefälligst an die Leine nehmen. Jetzt schüttelte er nur noch den Kopf und lachte.

Aber so ist Rieke – sieht sie irgendwo einen Ball, vergisst sie alles andere. Dann kann ich rufen oder pfeifen, so lange ich will, sie kümmert sich nicht drum.

Einer der Jungen lief ihr dann nach und schoss den Ball zu einem Mitspieler. Rieke wie ein schwarzer Blitz hinterher. Aber auch dieser Spieler schoss den Ball weiter. Hin zu einem anderen Jungen. Der wieder zum nächsten. Rieke hetzte von einem zum anderen, bis sie den Ball endlich erwischt hatte und die Jungen ihr Beifall klatschten.

Danach ging das Ganze von Neuem los. Und der Trainer der Jungen, ein kleiner, dünner Mann mit roter Basecap, schimpfte noch immer nicht. Er schüttelte nur weiter den Kopf und lachte. Dabei hatte Rieke längst das ganze Training durcheinandergebracht.

So war's am ersten Tag. Und weil der Trainer nicht geschimpft hatte, ging ich nun öfter mit Rieke auf den Fußballplatz. Und die Jungen, egal ob große oder nicht ganz so große, freuten sich, wenn Rieke angerannt kam. Pfiff der Trainer dann auf seiner Trillerpfeife, weil endlich doch noch trainiert werden sollte, lief ich zu ihr hin und nahm sie an die Leine. Und egal wie sehr sie zerrte, weil sie immer weiter mitspielen wollte, sie durfte nur noch zusehen.

Aber das war nur nachmittags so. Abends gehört der Platz Männern oder Frauen. Die lachten immer nur ganz kurz über Rieke. Schon nach zwei Minuten riefen sie mir zu, ich solle meinen Hund anleinen. Ich rief Rieke dann auch zu mir, pfiff laut und machte ein strenges Gesicht, aber natürlich nutzte das nichts. Wenn Rieke am Ball war, schaltete sie ihre Ohren jedes Mal auf »Ton weg«.

Die Frauen waren klug. Schnell nahm eine von ihnen den Ball in die Hände und kam – verfolgt von Rieke – damit auf mich zugelaufen. Und so konnte ich Rieke am Halsband packen und anleinen.

Die Männer waren nicht so klug. Die wollten immer nur die Stärkeren sein. Einmal versuchte einer, Rieke am Halsband zu packen, um sie vom Spielfeld zu tragen. Was Rieke sich nicht gefallen ließ. Im Nu zappelte und strampelte sie sich frei und lief wieder dem Ball nach. Der Mann im grün-weißen Trikot rannte mit ihr um die Wette, aber Rieke schlug immer neue Haken und er erwischte sie nicht. Seine Mitspieler lachten über ihn und da wurde er immer wütender.

Echt großes Kino war das. Stundenlang hätte ich dieser Verfolgungsjagd zusehen können.

Ein anderes Mal schob sich einer der Fußballer den Ball

unter sein Trikot, damit Rieke das runde Leder nicht mehr sah. Doch Rieke wusste ganz genau, wo der Ball versteckt war. Und als sie immer wieder an dem Mann hochsprang, trat er nach ihr. Rieke nahm das aber gar nicht ernst. Vielleicht glaubte sie, auch so was gehöre zum *Fuß*ballspiel. Und so sprang sie immer weiter an dem Mann hoch. Und bei einem dieser Sprünge kam sie dem Kopf dieses eher kleinen Mannes so nahe, dass sie ihm in die Nase hätte beißen können, wenn sie gewollt hätte.

Vor Schreck ließ er den Ball fallen, und Rieke stupste das Leder gleich wieder vor sich her, als wäre überhaupt nichts gewesen.

Ich fand das lustig, der Trainer der Männermannschaft aber sah das anders. Zornig kam er auf mich zugelaufen, und wie ein ganzer Wald voller Eichen baute er sich vor mir auf und befahl mir, Rieke sofort an die Leine zu nehmen.

Ich rief sie drei-, viermal und pfiff noch öfter.

Rieke kümmerte sich nicht drum.

»Los, los!«, schimpfte der dicke, schwitzende Mann im Trainingsanzug, dem eine Trillerpfeife nicht nur um den Hals, sondern gleich bis auf den Bauch hing. »Wenn ihr eurem Köter nicht beigebracht habt, euch zu gehorchen, dann musst du ihn eben holen. Und zwar ein bisschen plötzlich, wenn ich bitten darf!«

Ich lief los, und als ich Rieke nach einer wilden Verfolgungsjagd endlich angeleint hatte, verbot mir der Mann, der noch immer ärgerlich die Stirn runzelte, weiter mit ihr auf den Sportplatz zu kommen. Weil nämlich, seit wir hier aufgetaucht wären, überall Hundekacke herumläge.

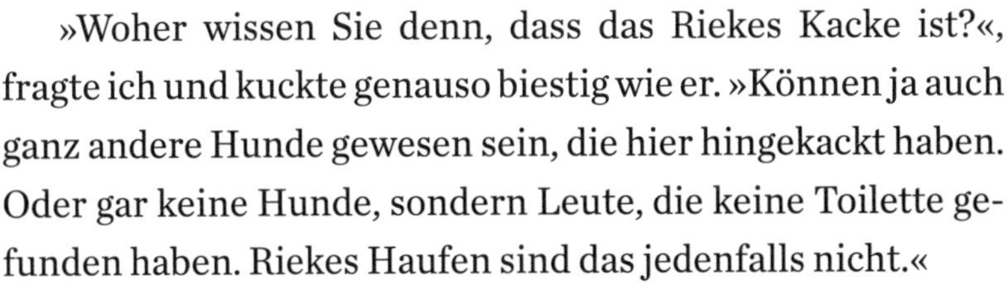

»Wie soll man denn so trainieren?«, tönte er. »Ist ja das reinste Slalomlaufen. Immer rundherum um die Haufen. Fehlen nur die Stangen.«

Er sagte das, als hätten alle Spieler, die jetzt über den Rasen liefen, schon ganz kackverschmierte Fußballschuhe an den Füßen. – Ein echter Witz! Oder sogar eine Lüge, die ich mir nicht gefallen lassen durfte.

»Woher wissen Sie denn, dass das Riekes Kacke ist?«, fragte ich und kuckte genauso biestig wie er. »Können ja auch ganz andere Hunde gewesen sein, die hier hingekackt haben. Oder gar keine Hunde, sondern Leute, die keine Toilette gefunden haben. Riekes Haufen sind das jedenfalls nicht.«

Und damit zog ich die Beutel aus der Hosentasche, die ich mitgenommen hatte, um Riekes Kot auflesen zu können, und zeigte sie ihm.

Er sah aber gar nicht erst hin. »Werd nicht noch frech, Freundchen!«, schimpfte er immer weiter. »Verschwinde jetzt lieber! Und nimm deinen verrückten Köter mit. Sonst *bringe* ich ihn dir! Aber dann ist das Vieh ausgestopft, verstanden?«

»War ja laut und beknackt genug«, sagte ich da nur noch. Wenn schon frech, dann richtig frech! Und eilig zerrte ich Rieke weg, die immer noch zum Ball wollte. Bloß nicht noch mehr Ärger bekommen.

Na ja, und seitdem mache ich mit Rieke lieber einen Bogen um den Fußballplatz – jedenfalls wenn dort eine Männermannschaft trainiert.

Was sollen wir denn dort, wenn diese Hundemuffel so wenig Spaß verstehen?

Aber auch wenn Mädchen trainieren, gehen wir nicht mehr hin. Ich meine die großen Mädchen. Manche von denen sind genau solche Spaßbremsen wie die Männer.

Klar, es gab auch welche, die sich freuten, wenn Rieke auf das Spielfeld geflitzt kam. Gleich nahmen sie den Ball auf und warfen ihn sich zu, um darüber zu lachen, wie Rieke nach dem Ball sprang. Andere waren noch viel strenger als die Männer.

»Training ist Training«, sagte einmal eine große, kräftige Torfrau zu mir. Die anderen Mädchen riefen sie Maxi. Aber wie diese Maxi Rieke dabei ansah! Als würde sie sie am liebsten in einen Käfig sperren, nur damit ihre Mitspielerinnen sie nicht weiter nach dem Ball hüpfen lassen konnten. Vielleicht war sie sauer, weil sie, während die Mädchen mit Rieke spielten, ja keinen einzigen Schuss aufs Tor bekommen hatte und sich nicht langweilen wollte.

Die beiden Verteidigerinnen, die zusammen mit ihr zu

mir hergelaufen gekommen waren, machten auch ziemlich ungeduldige Gesichter.

»Nimm deinen Köter an die Leine oder lass ihn woanders herumrennen!«, sagte die eine. Und die andere, eine dünne Rothaarige mit langem Pferdeschwanz, spielte sich als Lehrerin auf. »Ein Fußballplatz ist keine Spielwiese«, machte sie mich an. »Aber das müsste ein Junge in deinem Alter ja eigentlich wissen.«

Ich fand das so saumäßig blöd, dass ich die drei ein bisschen ärgern wollte. Laut rief ich nach Rieke. »Maxi!«, schrie ich, dass es weit über den Platz hallte. »Maxi, komm her!«

Rieke wäre nicht mal gekommen, wenn ich sie bei ihrem richtigen Namen gerufen hätte. Auf »Maxi« hörte sie erst recht nicht.

»Was soll denn das?«, schimpfte die Torwartfrau da los, als hätte ich ihr einen ihrer dicken Torwarthandschuhe geklaut. »Willst du mich verarschen, du kleiner Pisser?«

Mit dem harmlosesten Gesicht der Welt sah ich sie an. Und dann piepste ich, als würde ich noch in den Kindergarten gehen: »Wieso? Was habe ich denn getan?«

»Warum du deinen Köter Maxi gerufen hast, will ich wissen!«

Es sah aus, als wollte sie mir jeden Moment eine runterhauen.

»Na, weil er so heißt.« Ich kuckte so verwundert, als hätte sie mich gefragt, ob Rieke Flügel hat. »Wie soll ich Maxi denn sonst rufen? Sie ist doch ein Weibchen.«

»Dein Köter heißt Maxi?« Die drei Mädchen wollten mir das nicht glauben.

»Klar!«, sagte ich. »Schon immer. Nur im Zuchtbuch, da heißt sie Cäcilie, Cäcilie von Ebenholz. Aber wir haben sie Maxi getauft, weil das ein so viel schönerer Hundename ist.«

Schade, dass ich dabei grinsen musste!

»Hau bloß ab!«, zischte da die echte Maxi. »Hau ab und lass dich nie wieder hier blicken!«

»Von mir aus.« Immer weiter »Maxi! Maxi, komm her!« rufend, lief ich auf den Platz, um Rieke anzuleinen. Als ich sie dann endlich eingefangen hatte, zog ich sie fort. – Na ja, und weil diese drei so blöd waren, gehen wir nun auch, wenn die großen Mädchen trainieren, nicht mehr auf den Fußballplatz.

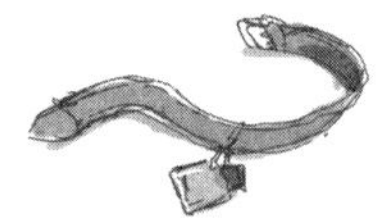

IM WALD. UND AM MEER

Zu Ostern fahren wir immer in den Schwarzwald. Wir treffen uns dort mit Friedels und mit Benno Hardt.

Benno Hardt ist auch Spieleerfinder. Mo und er kennen sich schon lange, richtig dicke Freunde sind sie.

Im Sommer will Benno Hardt nicht in der Stadt wohnen. Deshalb zieht er schon zu Ostern in seine alte Flößerhütte mitten im Schwarzwald. Wo ihn keiner stört, sagt er, kann er am besten nachdenken. Und erfinden.

Früher wurden hier Bäume gefällt und auf einem mächtig sprudelnden Rauschebach ins Tal hinuntergetrieben. Direkt an diesem Rauschebach liegt die Flößerhütte. Von morgens bis abends und auch in der Nacht, immerzu hört man den Bach. Bis man ihn irgendwann nicht mehr hört. Weil man sich an das Rauschen längst gewöhnt hat.

Ich finde diese Hütte irre toll. Sie ist ganz aus Holz und innen, über einer großen Eckbank, kann man viele dunkle Flecke erkennen. Die stammen vom Schweiß der Flößer, die sich dort anlehnten, wenn sie ihre Pausenbrote aßen. Sind alle schon lange tot, ihre Flecken aber sind noch da.

Rings um die Flößerhütte, die Berghänge hoch, stehen viele sehr hohe Tannen. Der Schwarzwald ist ja ein richtiger Märchenwald. Oft ist es unter den dicht an dicht stehenden Bäumen so dunkel, dass man nicht lange raten muss, weshalb der Schwarzwald Schwarzwald heißt.

Wir machen dort jedes Mal lange Wanderungen. Bergauf, bergab, immer durch den Wald. Sind wir dann zurück, sitzen wir am Lagerfeuer, rösten auf Stöcke gespießte Würstchen über den Flammen und essen Brot dazu. Und es wird viel erzählt und gelacht.

Benno Hardt ist ein toller Geschichtenerzähler. Er weiß so ungeheuer viel. Und er ist sehr lustig. Mit dem großen, schwarzen Hut auf dem Kopf, den er auch in der Hütte nicht abnimmt, sieht er aus wie ein Waldgeist. Miri, Falk, Anna und ich, wir könnten ihm stundenlang zuhören.

Blöd ist nur, dass mir diese Geschichten danach lange nicht aus dem Kopf gehen. Oft denke ich noch spät am Abend darüber nach.

Und dann kann ich ewig nicht einschlafen, weil es ja sowieso nicht leicht ist, es sich in der Flößerhütte so richtig schlafgemütlich zu machen.

Es gibt darin nur ein Bett – Benno Hardts Bett – und keine einzige Couch und kein Sofa, sondern nur die schmale, hölzerne Eckbank, zwei Tische und drei Stühle. Die Bank und die Tische sind aber noch härter als die Dielen auf dem Fußboden, und so breiten Friedels und wir unsere Decken und Schlafsäcke jedes Mal auf den laut knarrenden Dielenbrettern aus. Dann können wir wenigstens nirgendwo runterfallen.

Am liebsten aber würde ich mich in der Flößerhütte überhaupt nicht schlafen legen. Und das nicht nur, weil ich dort immer erst so spät einschlafen kann, sondern auch, weil ich ja trotzdem jeden Morgen so saufrüh wieder wach bin. Und dann liege ich da und denke über Benno Hardts Geschichten nach. Leider sind die nicht alle lustig. Im Gegenteil, manche sind sogar ziemlich traurig. Und traurige Geschichten, kann man die denn so schnell vergessen?

Voriges Jahr hatte Benno Hardt von einem furchtbaren Erdbeben erzählt. Es war weit weg passiert, in einem ganz fremden Land, aber eines mit vielen Bergen. Und im Schwarzwald gibt's ja auch so viele Berge. Was, so dachte ich nach dem Aufwachen, wenn es *hier* mal ein Erdbeben gibt? Und das vielleicht gerade zu Ostern?

Ich spürte schon die Erde wackeln. Wusste natürlich, dass ich spinne, hielt das aber trotzdem nicht lange aus. Schnell stand ich auf und zog mich an. Und dann schnappte ich mir Rieke und wanderte mit ihr die Berge hoch.

Alle anderen schliefen noch. Draußen war es ja noch ganz finster, nur der Mond schien hell.

Im Wald war es dann so still, dass ich am liebsten die Luft angehalten hätte. Kein Vogel rief, nur knackte ab und zu mal irgendwo ein Zweig.

Als ob wir durch einen verwunschenen Zauberwald liefen, so war mir zumute. Wäre hinter einer der hohen Tannen plötzlich das Glasmännlein aus dem Märchen *Das kalte Herz* aufgetaucht, um mir Tannenzapfen zuzuwerfen, ich hätte mich kaum gewundert.

Rieke musste es ähnlich ergangen sein. Mit gesträubtem Fell ging sie neben mir her, und ihre Pfoten setzte sie so vorsichtig auf, als dürften wir kein einziges Geräusch machen. Damit uns nur ja niemand bemerkte, kein anderes Tier und kein Sonstwas.

Und dann blieb sie auf einmal ganz stehen und sah mich mit großen Augen an. Als ob sie wissen wollte, ob wir denn wirklich immer tiefer in den Wald hineingehen mussten. Ihr schien das viel zu gefährlich zu sein.

»Komm nur, komm!«, lockte ich sie. »Brauchst keine Angst zu haben. Ich bin ja bei dir.«

Gut: So richtig wohl war mir dabei nicht. Soll ja längst wieder Wölfe in Deutschland geben. Sogar ziemlich viele. Etwa auch im Schwarzwald? Was, wenn einer von denen uns witterte?

Trotzdem ging ich weiter und Rieke musste mit. Ich hatte sie ja an der Leine. Sie blieb aber immer drei Schritte hinter mir.

Bis sie auf einmal ganz aufgeregt zu schnüffeln begann. Die Nase mal tief im Moos vergraben, mal die Baumstämme abschnüffelnd, zog sie mich mal hierhin, mal dorthin. Bis sie plötzlich wieder stehen blieb – und leise knurrte.

Mir lief ein Schauer über den Rücken. Was war es denn, das ihr Angst machte? Lauerte in diesem dunklen Wald vielleicht doch irgendein gefährliches Tier auf uns? Eines, das sie gewittert hatte und das, wenn schon kein Wolf, dann vielleicht ein Wildschwein war? Von denen gibt's ja überall so viele, dass sie schon zu einer richtigen Plage geworden sein sollen.

Ich stellte mir einen riesigen Eber mit langen, spitzen Hauern vor. Er kam auf mich zugerast ... Oder eine Muttersau wollte ihre Jungen verteidigen ... Rehe, Hasen oder Kaninchen hätten Rieke garantiert nicht in Furcht versetzt, denen wäre sie viel eher nachgejagt.

»Was ist denn?«, fragte ich leise. »Warum knurrst du?«

Sie sah mich nur an – und dann wollte sie zurück. Sie zog so heftig an der Leine, dass ich beinahe hingefallen wäre. Und da ließ ich mich von ihr den Berg hinabziehen. Und weil sie immer schneller wurde, wurde auch ich immer schneller. Zuletzt hasteten wir schon fast im Sturzflug auf Benno Hardts Flößerhütte zu.

Wer aber sah uns angerast kommen? Die kleine Anna. Sie

hatte auch nicht mehr schlafen können und Rieke gesucht, um ein bisschen mit ihr zu spielen.

Mit großen Augen sah sie mich an. »Warum rennt ihr denn so?«

»Ein Wolf«, keuchte ich. »Wir haben einen Wolf gesehen ... und da hat Rieke Angst bekommen und ist weggelaufen.«

Weshalb ich den Wolf erfunden hatte? Erstens sollte Anna mich nicht für einen Angsthasen halten. Und zweitens: Irgendwas musste es ja gewesen sein, das Rieke in Panik versetzt hatte.

»Ein Wolf?« Anna riss die Augen noch weiter auf. »Wirklich?«

Was blieb mir anderes übrig, als stolz zu nicken? Wenn schon, denn schon, sagte ich mir. Ein Wolf im Wald, das war doch wenigstens ein Abenteuer.

Nur doof, dass Anna gleich in die Hütte lief und laut krähte: »Mama! Papa! Hier gibt's einen Wolf. Und der wollte Rieke fressen. Und Paul vielleicht auch.«

Sofort waren auch alle anderen wach, kamen vor die Hütte und fragten mich aus. Inzwischen war es hell geworden, die Vögel lärmten und der Rauschebach rauschte noch lauter.

Aber was sollte ich denn jetzt sagen? Etwa, ich hätte Anna nur reinlegen wollen? Außerdem: Vielleicht hatte ja wirklich irgendein gefährliches Tier auf uns gelauert. War doch ganz egal, ob das ein Wolf oder ein Wildschwein gewesen war. Besser, ich spielte meine Rolle weiter. Also zuckte ich nur die

Achseln und sagte: »Das Tier sah jedenfalls aus wie ’n Wolf … Vielleicht war es aber auch nur ’n großer Schäferhund, der irgendwo weggelaufen ist … Rieke aber … sie hat große Angst bekommen und da sind wir lieber zurückgelaufen.«

Mo und Jessy und auch Miri sahen mich an, als glaubten sie mir kein Wort. Aber sie wunderten sich schon lange nicht mehr darüber, dass ich freiwillig mit Rieke gegangen war. Sie hatten längst mitbekommen, dass ich »keine Fresse« mehr zog, wenn ich mit Rieke Gassi gehen musste, sondern öfter viel früher als nötig mit ihr loszog. Sie taten nur immer so, als hätten sie nichts bemerkt. Vielleicht hofften sie, dass ich nicht raffen würde, dass Rieke in den vielen Monaten, die sie nun schon bei uns war, wie ganz von selbst auch *meine* Rieke geworden war.

Und dass ich diesmal schon so früh am Morgen mit ihr rausgegangen war? Das fanden sie eher mutig – obwohl sie mir den Wolf nicht abnahmen.

Auch Benno Hardt sah mich lange an. Aber dann wiegte er nur den Kopf und sagte, dass es klug von Rieke und mir gewesen sei, rasch zurückzukommen. Im Schwarzwald sollen nämlich tatsächlich schon Wölfe gesichtet worden sein. Zwar hätte er in der Nähe seiner Hütte noch keinen entdeckt, doch würden diese Tiere sich ja immer weiter ausbreiten. Also sei es nicht unmöglich, dass wir auf einen gestoßen waren. Doch auch wenn es kein Wolf, sondern nur ein wildernder Hund gewesen sei, vor dem wir davongelaufen wären, hätten wir richtig gehandelt. Die seien ja auch gefährlich. Hätte so einer erst mal Blut geleckt, könne man für nichts mehr garantieren. Er kniff ein Auge zu, als er das sagte. Aber so, dass nur ich es sehen konnte.

Nur Frau Friedel, die glaubte sofort, dass es ein Wolf war, vor dem wir weggelaufen waren. »Einmal ist's ja immer das erste Mal«, sagte sie und zog die kleine Anna an sich, wie um sie zu beschützen. »Besser, man geht kein Risiko ein.«

Ihr Mann musste sie beruhigen. Wölfe würden Menschen nichts tun, sagte er. So was komme nur im Märchen vor. Im Gegenteil, sie seien eher menschenscheu. Allein Schafe, Lämmer, Rehe und andere kleine Tiere würden sie anfallen.

Na ja, und da sahen sofort alle Rieke an. Rieke aber hatte den Waldspaziergang längst vergessen. Sie schnüffelte nur immerzu an Annas Hosentaschen herum. Weil da oft Leckerlis für sie drinsteckten. Und natürlich bekam sie eines. Sie hatte soo eine schlimme Gefahr überstanden! Wäre Miri nicht dabei gewesen, bis zum späten Abend hätte Anna Rieke mit Leckerlis getröstet.

Der Wolf im Schwarzwald war nur erfunden. Aber was ich jetzt erzähle, das ist wirklich passiert.

Wir waren nämlich auch zu Pfingsten verreist. Und diesmal waren wir an die Nordsee gefahren. In einer Ferienwohnung direkt am Meer wohnten wir. Wollten wir ans Wasser, mussten wir nur über den Deich steigen. Manchmal war das Meer da, dann war Flut, und manchmal nicht. Dann war Ebbe.

Aber auch wenn Ebbe war, war es dort schön. Weil wir

dann ganz weit ins Watt hinauswandern konnten. Wir mussten nur öfter auf die Uhr schauen, damit wir nicht von der einsetzenden Flut überrascht wurden. Es sollen schon Leute ertrunken sein, nur weil sie es nicht rechtzeitig zurück an Land schafften.

Auch Rieke gefiel es im Watt. Da lagen ja überall so viele leere Muschelschalen herum. Von denen fraß sie immer wieder mal eine.

Wie ihr die leeren, harten, sandigen Schalen denn überhaupt schmecken konnten?

Keine Ahnung! Hunde sind ja keine Menschen. Da konnte Jessy noch so oft schimpfen und »Ach, hätten wir doch lieber die Dicke genommen!« zu ihr sagen, Rieke kümmerte das nicht. Immer vorneweg lief sie – und schon hatte sie sich wieder eine Muschel geschnappt.

Irgendwann lachten wir nur noch über sie. Ihr ging's danach ja nicht schlechter als vorher. Nicht mal Durchfall bekam sie davon.

Eines Nachmittags waren Jessy und ich dann ganz allein mit Rieke im Watt unterwegs. Mo wollte auch über die Feiertage ein bisschen an seinem *Zehner-King* herumtüfteln und Miri unbedingt ihr Buch zu Ende lesen.

Die Sonne stand schon ziemlich tief und tauchte die ganze weite, graue Wattlandschaft mit ihren vielen Pfützen in ein nass glänzendes Rot. So etwas hatte ich noch nie zuvor gesehen. Gut gelaunt stapften Jessy und ich weiter ins Watt hinaus. Beide trotz der scharfen Muschelschalen barfuß, beide mit bis fast auf die Nase gezogenen Basecaps auf dem Kopf. Wir hatten viel Zeit. Erst in drei Stunden würde das Meer zurückfluten. Jessy überprüfte das immer sehr genau.

Rieke lief mal wieder weit voraus und schnappte sich alle paar Minuten eine leere Muschel. Wir hörten es, weil die harten Schalen zwischen ihren Zähnen so laut krachten, kümmerten uns aber nicht drum, weil wir so viel redeten. Und dabei liefen und liefen wir, bis wir die Fahrrinne erreicht hatten. Dort verschwindet das Meer nie ganz, weil die Rinne so tief ist. Fisch- und Krabbenkutter können hier sogar bei Ebbe ein- und auslaufen. Nur wir, wir kamen nicht mehr weiter, standen da, und ich erzählte gerade von der Schule und welche Arbeiten wir bald schreiben würden, als Jessy mich mit einem Mal an der Schulter packte.

»Still!«, flüsterte sie ganz aufgeregt. Und dann streckte sie die Hand aus und zeigte auf einen mächtig großen, vom Meer glatt geschliffenen grauen Stein. »Sieh mal, dort!«

Ich fand nichts Besonderes an dem Stein. Bis er sich plötzlich bewegte! Er drehte den Kopf herum – und ich sah, dass er einen langen Schnauzbart hatte und uns mit großen, dunklen, kugelrunden Augen ansah.

Eine Robbe! Mindestens zwei Meter lang. Vielleicht sogar drei. Sie sah uns an, rührte sich aber nicht.

Jessy und ich wagten kaum noch zu atmen, starrten nur immer dieses große Wassertier an, das da so gemütlich vor uns lag. Dann fiel mir Rieke ein. Rasch blickte ich mich nach ihr um und legte den Zeigefinger vor den Mund. Nicht dass sie, wenn sie die Robbe sah, vor Aufregung kläffte und uns diese tolle Begegnung mitten im Meer vermasselte.

Aber Rieke hatte das riesige Tier längst entdeckt. Und kläffte nicht. Still und steif stand sie da. Und als ich vorsichtig auf sie zuging, um sie an die Leine zu nehmen, sah ich, wie ihr Fell sich mal wieder sträubte. Diesmal aber nicht, weil sie irgendwas erschnüffelt hatte, was ihr unheimlich vorkam. Diesmal, weil da ein Tier vor ihr lag, wie sie noch nie zuvor eines gesehen hatte und das auch noch ganz seltsam roch.

»Komm her, Rieke!«, flüsterte ich ihr zu. »Wir wollen nicht stören. Sonst haut sie ab.«

Rieke aber wollte nicht angeleint werden. Sie wich vor mir zurück, als wäre ich ihr fremd oder irgendwie mit der Robbe im Bunde und nicht mit ihr.

»Aber Rieke!«, flüsterte ich weiter. »Komm doch her. Dir passiert ja gar nichts. Wir wollen sie nur nicht erschrecken.«

Doch Rieke hatte ihre Ohren mal wieder auf taub gestellt. Anstatt zu mir zu kommen, begann sie – die Nase weit vorgestreckt und die Pfoten so vorsichtig setzend, als wollte sie sich anschleichen –, auf die Robbe zuzutapsen.

Das war genau das, was ich nicht wollte. Aber was sollte ich denn jetzt tun? Ich durfte doch nicht laut werden, dann wäre die Robbe im Nu in der Fahrrinne verschwunden.

»Paul!« Auch nur flüsternd winkte Jessy mich zurück. »Lass sie doch! Mal sehen, was sie macht.«

Sie fand es megaspannend, was sich da vor unseren Augen abspielte. Richtig glücklich war sie über diese Begegnung mitten im Meer.

Ja, und was machte Rieke? Eigentlich gar nichts. Bald blieb sie wieder stehen. Und kuckte die Robbe an. Und danach tapste sie noch vorsichtiger weiter auf sie zu. Bis sie wieder stehen blieb. Aber jetzt, jetzt hatte die Robbe Rieke auch entdeckt – und kuckte sie genauso verwundert an.

Das Ganze war wirklich spannend, aber auch irgendwie komisch. Rieke und die Robbe, beide waren sie »Hunde« – die Robbe ein *See*hund und Rieke ein *Land*hund. Nur stammten die im Meer lebenden »Hunde« garantiert nicht von Wölfen ab. Und Riekes Vorfahren hatten nicht im Wasser gelebt, ganz egal wie gut ihr die Muschelschalen schmeckten. Und trotzdem sahen die beiden Tiere einander ähnlich? Beiden wuchs ein Schnauzbart, beide hatten sie große, dunkle Augen.

Wieder tapste Rieke durch die pfützenübersäte Wattlandschaft. Noch ein bisschen näher auf die Robbe zu. Doch kläffte sie das große Tier nicht an, kuckte nur immer und kuckte. Und die Robbe kuckte auch und rührte sich nicht. Jessy und ich waren für sie total uninteressant geworden.

»Ist das nicht toll?«, flüsterte Jessy mir zu. »Viel besser als im Zoo.«

Das fand ich auch. Im Zoo hatte ich schon jede Menge Robben, darunter auch Seehunde und Seelöwen, gesehen.

Hier, mitten im Meer, war das wirklich etwas ganz anderes. Vor allem aber: Wie Rieke und die Robbe sich anstarrten! Ob sie dabei irgendwas dachten? Oder was Besonderes fühlten? Auf jeden Fall eine echte »Begegnung der unheimlichen Art«. So hätte Mo dieses Hundetreffen mitten im Meer wohl genannt, wäre er dabei gewesen.

»Komm!«, flüsterte Jessy mir zu. »Mal sehen, wie weit sie uns ranlässt.« Und vorsichtig gingen auch wir noch ein paar Schritte auf das große, graue Tier zu.

Es rührte sich noch immer nicht.

»Ob sie krank ist?«, fragte Jessy sich leise.

Ich zuckte nur die Achseln – und da, in diesem Moment, als hätte mein Achselzucken ihr einen Schreck eingejagt, geriet die Robbe in Bewegung. Sie robbte auf die Fahrrinne zu – und im Nu war sie im Meer verschwunden. Und jetzt, erst jetzt begann Rieke zu kläffen. Weil das riesige Tier vor uns die Flucht ergriffen hatte, wurde sie mutig. Doch war das irgendwie ein anderes Kläffen als sonst. Fast ein bisschen traurig.

Jessy rief sie zu uns, und jetzt kam sie, und dann sahen wir zu dritt auf die Fahrrinne hinaus, bis wir in der Ferne einen großen, grauen Kopf auftauchen sahen. – Unsere Robbe!

Ohne Ende winkten Jessy und ich ihr nach. Und vielleicht hätte Rieke das auch getan, wenn sie das nur irgendwie gekonnt hätte.

Riekes Zähne

Wann ich mich am meisten über Rieke freue? Wenn sie mich verteidigt!

Das erste Mal war das, als wir beim Gassigehen Dennis trafen.

Dennis ist fast doppelt so groß wie ich, hat feuerrote Haare und tausend Sommersprossen im Gesicht. Und ist fast immer gut gelaunt.

In der Schule sitzt er hinter mir und ärgert mich oft. Mal sticht er mir sein Lineal in den Rücken, dass ich laut aufschreien muss, mal heftet er mir einen Zettel ans T-Shirt oder an den Pullover, auf dem irgendwas steht, das er lustig findet: *Unterhose Größe 0 verloren. Finderlohn 1 Cent.* Oder: *Wer kennt eine Pille, die aus Zwergen Riesen macht?*

Blöder geht's nicht, auch wenn ich selber manchmal über seine Sprüche lachen muss.

An diesem Tag steckte er mich mit seiner guten Laune an. Wir schaukelten uns richtig hoch. Zuerst stolzierten wir steif wie zwei Roboter nebeneinanderher. Wir befanden uns auf einem fremden Planeten, den wir nach außerirdischem Leben absuchten. Danach waren wir zwei viel zu schwere, eiserne Kampfvögel, die es nicht schafften, sich in die Luft zu erheben. Wir lachten viel und am Ende versuchten wir, uns gegenseitig umzuschubsen.

War alles nur Spaß. Aber woher hätte Rieke das wissen sollen? Kaum hatte Dennis mich das erste Mal geschubst, sprang sie schon an ihm hoch und fletschte die Zähne. Und was hat sie für ein Gebiss! Die Zähne ganz weiß und spitz. Richtige kleine Dolche sind das. Dr. Kresse, der Tierarzt, sagt jedes Mal, mit einem solchen Gebiss kann sie hundert Jahre alt werden.

Dennis aber erschrak so sehr, dass er hinfiel. Und sofort war Rieke über ihm und knurrte laut.

»Rieke!«, schrie ich ganz erschrocken. »Spinnst du? Wir machen doch nur Spaß.«

Sie ließ trotzdem nicht von Dennis ab. Er hatte mich angegriffen, also musste sie mich verteidigen. So steht's in Miris Hundebuch. Im Wolfs- wie im Hunderudel heißt es: Einer für alle und alle für einen.

Nur mit Mühe konnte ich sie von Dennis fortzerren. Und nur sehr vorsichtig und Rieke nicht aus den Augen lassend stand Dennis auf. »Was habt ihr denn für einen blöden Köter?«, beschwerte er sich. »Der weiß ja nicht mal, was Spaß und was Ernst ist.«

»Aber dafür kann sie doch nichts«, verteidigte ich Rieke. »Sie muss das tun.« Und ich erzählte Dennis, was im Hundebuch stand. Ob er mir das glaubte, weiß ich nicht. Ich aber freute mich über Rieke. Sie hatte mich verteidigt! Also würde sie das, wenn mich wirklich mal jemand angreifen wollte, ganz sicher auch tun.

Fand ich irgendwie beruhigend.

Nur ein paar Tage später war es fast so weit. Da bewies Rieke mir ein zweites Mal, dass sie tatsächlich so etwas wie mein Bodyguard sein wollte.

Mo hatte mich zum Bäcker geschickt. Ein Brot, ein Baguette und acht Brötchen sollte ich kaufen. Vor lauter Nachdenkerei über seinen *Zehner-King* hatte er ganz vergessen, nach dem Supermarkt auch noch zum Bäcker zu gehen.

Gleich neben der Tür zum Bäckerladen ist ein eiserner Ring angebracht. An dem kann man Fahrräder anschließen oder Hunde festbinden. Weil die ja nicht in den Laden mit-

werden dürfen. Ich hatte Rieke dort auch angebunden. Erst als ich wieder aus dem Laden kam, hab ich sie losgemacht und ohne Leine laufen lassen. Sie kennt ja den Weg.

Wir waren noch gar nicht weit gekommen, da stolperte uns plötzlich ein Betrunkener in den Weg. Breit wie ein Schrank war er, das Gesicht ganz rot, die Augen klein wie Rosinen. Kaum hatte er Rieke gesehen, machte er mich an. »Was soll'n das?«, blaffte er. »Nimm gefälligst deine schwarze Ratte an die Leine! Oder ich kick sie in den Müll.«

Und er streckte den Arm aus, um mich an der Schulter zu packen. Vielleicht aber auch nur, um sich an mir festzuhalten. Doch für Rieke sah das nach einem Angriff aus. Sofort sprang sie ihn an, knurrte laut und zeigte ihre Zähne.

Vor Schreck geriet der Mann erst recht ins Wanken. »Hilfe!«, stotterte er und hatte mit einem Mal richtig dicke Kullertränen in den Augen. »Hilfe! Die… dieses Biest ist ja gemeingefährlich. Der … der Köter gehört eingesperrt, der … der will mir ans Leben.«

Die Leute, die an uns vorübergingen, lachten nur. Die meisten kannten Rieke längst und wussten, wie harmlos und verspielt sie ist. Trotzdem nahm ich sie jetzt lieber an die Leine. War aber gleich noch stolzer auf sie: Nicht mal vor einem erwachsenen Mann, stark wie ein Bulle, hatte sie Angst, wenn es darum ging, mir beizustehen.

Und es kam *noch* besser! Denn kaum waren wir von der Nordsee zurück, musste Rieke mich ein drittes Mal verteidigen –

diesmal gegen den bösartigen Harro, Herrn Kubes in der ganzen Straße gefürchtete Bulldogge.

Harro ist riesig. Fast so groß wie ich. Und Zähne hat er, da kuckt man lieber erst gar nicht hin, wenn er mal jemanden anknurrt. Begegne ich Harro, wechsle ich jedes Mal die Straßenseite. Und das ganz egal, ob Rieke bei mir ist oder nicht.

An diesem Tag ging das nicht. Gerade kam ich mit Rieke um eine Hausecke, da stand er plötzlich vor uns. Und war nicht angeleint! Und Herr Kube war nirgends zu sehen. Und wie diese Mischung aus Hund und Pferd Rieke da sofort anknurrte und dabei sein gewaltiges Gebiss zeigte, ehrlich, das ging mir durch und durch.

Rieke kuckte zuerst nur ganz erstaunt. Harro ist ein Rüde, sie ist ein Weibchen. Da gibt's eigentlich keine Rivalität. Rocco aus unserem Haus ist eine Ausnahme. Und das ja vielleicht auch nur, weil Rieke und er sich so oft im Fahrstuhl begegnen und beide ihr Revier verteidigen wollen. – Aber Harro? Warum knurrte dieser Riese sie an? Sie hatten sich doch zuvor immer nur von Weitem gesehen und noch nie irgendwelche Probleme miteinander gehabt. Irgendwie verstand sie das nicht. Erst als Harro auch mich anknurrte, da wurde sie wild. So hoch und schrill kläffte sie, dass es wie eine Alarmsirene klang. Und hätte ich sie nicht an der Leine gehabt, sie wäre auf Harro losgegangen – sie, die doch eher zierliche Mittelschnauzerin, gegen die mindestens dreimal so große Dogge.

Und wie reagierte Harro? Er, vor dem doch alle in der

Straße einen Höllenrespekt hatten, stellte sein Knurren ein. Er kuckte nur ganz verdutzt: Wollte dieses freche, kleine Weibchen sich etwa mit ihm anlegen?

Ich versuchte, Rieke von Harro fortzuzerren. Doch stemmte sie sich mit aller Kraft dagegen. Sie wollte einfach nicht weg, kläffte nur immer lauter.

Wie die Sache ausgegangen wäre, wenn in diesem Moment nicht Herr Kube gepfiffen hätte? Ich weiß es nicht. Zwar hörte Harro nicht gleich auf den ersten Pfiff, nach dem dritten aber drehte er sich um und lief fort. Und Rieke kläffte ihm nach, bis er nicht mehr zu sehen war.

Da hätte ich sie am liebsten abgeknutscht. Wieder hatte sie mich verteidigt! Und diesmal sogar gegen einen Hund, der sie hätte fressen können, wenn er nur gewollt hätte. Jetzt war sie endgültig auch meine »Freundin fürs Leben«.

Inzwischen weiß ich: Wenn's drauf ankommt, zeigt Rieke jedem ihre scharfen Zähne. Sie kann aber auch ganz sanft mit ihnen umgehen. Auch das hat sie uns bewiesen. Und zwar an einem Tag, an dem das besonders wichtig war – nämlich an dem Nachmittag, an dem Enzo mit Miri Schluss gemacht hatte.

Er wolle sich nun lieber öfter mit Daniela treffen, hatte er in der Schule zu ihr gesagt.

Miri war so traurig, dass sie mir echt leid tat. Vielleicht waren wir noch nie zuvor so dicke Freunde gewesen wie an diesem Nachmittag. Endlich durfte ich auf Enzo schimpfen,

Miri verteidigte ihn nicht mehr. Und als ich danach mit Rieke Gassi gehen wollte, nahm sie mir die Leine weg. Weil sie gehen wollte.

Und da habe ich mich dann total verraten – weil nämlich auch ich große Lust hatte, mit Rieke zu gehen. War ja so schönes Wetter und ich hatte nichts anderes zu tun. Also sagte ich: »Ich bin heute aber mal wieder dran.«

Miri stutzte kurz, dann zuckte sie die Achseln. »Na, dann gehen wir eben beide.« Und so kam es, dass wir zum ersten Mal seit langer Zeit mal wieder gemeinsam mit Rieke durch den Stadtpark wanderten.

Wir sprachen aber nicht viel. Zu Enzo war alles gesagt und irgendwas anderes interessierte Miri an diesem Tag nicht. Still zottelten wir nebeneinanderher und passten beide auf, dass Rieke nicht wieder irgendwas Ekliges fraß. Trotzdem bekamen wir nicht mit, was dann passierte.

Wie immer war Rieke im Stadtpark durch die Büsche gelaufen. Sie fängt sich dabei oft Kletten ein, die wir ihr nur mit Mühe und nicht ganz schmerzfrei wieder aus dem Schnauzbart zupfen können. Aber sie tut es trotzdem. Aus einem ganz bestimmten Grund: Wenn sie durch die Büsche läuft, sehen wir nicht, was sie dort alles findet und frisst. Oder wir kriegen es erst mit, wenn wir es ihr nicht mehr wegnehmen können.

Aber als Rieke an diesem Tag aus einem der Büsche herausgewieselt kam, da hatte sie nichts Ekliges in der Schnauze.

Sondern?

Einen kleinen Vogel! Und der lebte noch und piepste vor Angst.

Miri sagt, es sei eine besonders hübsche kleine Blaumeise gewesen. Ich glaube, es war ein noch sehr junger Spatz.

»Rieke!«, konnten Miri und ich vor Schreck nur schreien.

Und da öffnete Rieke, von ihrer zappelnden und so jämmerlich piepsenden Beute selbst überrascht, sofort die Schnauze – und der kleine Vogel flog einfach davon. Trotz ihrer spitzen, scharfen Zähne hatte sie ihn so sachte in der Schnauze gehalten, dass ihm nichts, aber auch *gar nichts* passiert war. Keine einzige Feder hatte sie ihm gekrümmt.

Miri und ich sahen uns an – und dann jubelten wir auch schon los. Unsre Rieke! Wie vorsichtig sie sein konnte! Wie sanft! Schnappt sich einen Vogel – und trägt ihn in der Schnauze, als wüsste sie ganz genau, wie leicht sie ihn hätte verletzen können.

Im Nu war Enzo vergessen. Miri hatte sich neu verliebt. In Rieke. Und wollte von jetzt an wieder öfter mit ihr Gassi gehen. Ohne Enzo, so sagte sie, hätte sie ja wieder viel mehr Zeit für Rieke. Und so stritten wir schon bald nicht mehr darüber, wer mit Rieke gehen *musste,* sondern nur noch darü-

ber, wer mit ihr Gassi gehen *durfte*. Wäre ja blöd gewesen, von jetzt an immer zu zweit loszuzuckeln.

Es gab aber noch andere Gründe für Miris neu erwachte Gassigeh-Lust. Es war ja nun bald Sommer und das Wetter wurde immer schöner und vom vielen Mit-Rieke-durch-die-Sonne-Spazieren bekam Miri jede Menge Farbe im Gesicht. Was ihr nicht schlecht gefiel. Sollte die blasse Daniela doch neidisch werden und Enzo sich ärgern, weil er die Richtige gegen die Falsche eingetauscht hatte – so was Ähnliches muss sie gedacht haben.

Na ja, das war der *eine* Grund. Und der andere?

Der andere war ein Junge. Und der hieß Mirko.

Tatsächlich Mirko! Das konnte kein Zufall sein, fand Miri. Ihre beiden Namen, Miri und Mirko, klang das denn nicht wie beim lieben Gott so bestellt?

Wo und wann Miri Mirko kennengelernt hat? – Im Stadtpark! Beim Gassigehen. Miri hatte Rieke an der Leine und Mirko – Jockel!

Wie es zu diesem Treffen kam?

Der alte Herr Hellwege war auf der Treppe gestürzt und hatte sich schlimm die Stirn aufgeschlagen. Und eine Gehirnerschütterung hatte er auch. Alle in der Straße hatten Mitleid mit ihm. Jetzt lag er im Krankenhaus – und zwar in demselben, in dem Miri im Winter gelegen hatte. Für Frau Hellwege eine schlimme Sache. Sie sorgte sich sehr um ihren Mann. Jeden Tag fuhr sie ins Krankenhaus und saß lange bei ihm am Bett. Dabei hatte sie doch noch so viel anderes zu tun – einkaufen, Wohnung putzen und mit Jockel gehen. Wie sollte sie das alles schaffen?

Mirko musste helfen, ihr Enkelsohn. Putzen war ja nicht so sein Ding, aber nach der Schule einkaufen und mit Jockel Gassi gehen, das nahm er seiner Oma gern ab. Und das Gassigehen schon bald ganz besonders gern. Weil Jockel ja immer zu Rieke hinwollte, wenn die beiden Hunde sich trafen. Und Rieke zu Jockel.

Und wer lief neben Rieke her? Miri.

Zuerst gefiel Miri an Mirko wohl nur der Name. Aber dann – sie hat mir's nicht gesagt, aber ich hab's ja bald gemerkt – irgendwann noch ein bisschen mehr als nur der Name. Jedenfalls ging sie jetzt immer pünktlich auf die Minute mit Rieke Gassi. Und dann war – ganz zufällig – auch Mirko mit Jockel unterwegs. Und wollte ich zu dieser Zeit mal mit Rieke gehen, diskutierte sie endlos lange mit mir herum. Und blieb ich stur und ging mit Rieke, dann freute sich nur Jockel, wenn Rieke kam. Der große Junge mit den langen braunen Haaren kuckte jedes Mal enttäuscht. »Hallo!«, sagte er nur, und ich sagte auch »Hallo!«, und das war's. Still ließen wir Rieke und Jockel ihre Spielchen spielen, und keiner wusste, was er sonst noch reden sollte.

Und wenn Mirko doch mal mehr sagte, dann wollte er mich nach Miri ausfragen. Was sie am liebsten isst, welche Filmschauspieler oder Popmusiker sie mag und solche Sachen.

Ich zuckte meistens nur die Achseln, tat, als würden Miri und ich uns eigentlich kaum sehen. Das fand er ein bisschen komisch, weil ich doch ihr Bruder bin. Aber ich fand's so am besten. Sollte er Miri doch selber fragen, wenn er was über sie wissen wollte.

Auf jeden Fall aber gefällt Mirko mir besser als Enzo. Viel besser! Vor allem, weil er keine Angst vor Rieke hat. Ganz im Gegenteil, er findet sie lustig, sogar lustiger als Jockel.

Und Rieke? Kläfft sie Mirko etwa an, wenn er sich zu ihr bückt, um ihr eines von Jockels Leckerlis in die Schnauze zu schieben?

Nein! Nicht ein einziges Mal hat sie das getan. Und das nicht nur wegen dem Leckerli. Zwar gehört Mirko nicht zu unserem Rudel, aber er gehört zu Jockel. Und damit ist er akzeptiert.

STÄRKER ALS ALLES ANDERE

In den Sommerferien fuhren wir zuerst nach Österreich – für eine Woche – und danach weiter nach Italien – für zwei Wochen.

Aber egal wohin wir fahren, Rieke wird jedes Mal schon zappelig, wenn wir noch beim Packen sind.

Sie verreist nicht gern. Sie würde viel lieber zu Hause bleiben, wo sie alles kennt und alle Gerüche ihr vertraut sind. Doch hat sie eine riesengroße Angst davor, allein zurückzubleiben. Kaum haben wir all unseren Kram im Auto verstaut und die Tür zu den Rücksitzen geöffnet, sitzt sie schon drin. Und dann thront sie während der ganzen Fahrt zwischen

Miri und mir und lauert nur darauf, dass wir endlich ankommen. Damit sie wieder herausspringen kann.

In Österreich badeten wir viel im Wörthersee. Ein Name, über den Miri sich lange lustig gemacht hatte. »Ein See voller Wörter? Kann man in dem überhaupt schwimmen?«, hatte sie gefragt und dabei bestimmt an ihren neuen Bikini gedacht, den sie uns unbedingt vorführen wollte.

Aber klar konnten wir in dem See schwimmen. Sogar stundenlang, wenn wir wollten. Doch konnten wir auch gleich hinter dem Ferienhäuschen, das Mo und Jessy für uns gemietet hatten, in den Fluss springen. Und das taten wir noch viel öfter, weil es oft sehr heiß wurde und uns der Weg zum See zu weit war. War ja ein richtiger Supersommer in diesem Jahr.

Na ja, eigentlich war dieser *Fluss* ja nur ein Flüsschen. Ging sogar mir nur bis zum Bauchnabel. Nichts, worin man ertrinken konnte. Rieke aber jagte er genauso viel Respekt ein wie der Wörthersee. So mutig, wie sie ist, wenn es darum geht, ihr Rudel zu verteidigen, so wasserscheu ist sie. Um jede große Pfütze macht sie einen Bogen.

Spazieren wir mit ihr im Stadtpark um den Ententeich, wie gern würde sie dann die Enten und Blesshühner jagen, die da so frech vor ihr herumschwimmen. Dazu aber müsste sie ins Wasser springen. Und das schafft sie einfach nicht. Nur mit den Pfoten tapst sie hinein, sieht zu all den Wasservögeln hin und fiept. Oder sie flitzt rundherum um den Teich und kläfft.

Aber auch darüber können die Enten und Blesshühner nur lachen.

Stöckchen und sogar kleine Bälle kann ich hineinwerfen und sie auffordern, sie mir zurückzubringen. Rieke rührt sich nicht, sieht mich nur vorwurfsvoll an.

Und jetzt waren wir in den Ferien, und das an einem so schönen großen Badesee, und hinterm Haus gluckste ein Fluss, doch Rieke fand beides nicht gut. Für unsere Mutter mal wieder ein Grund, den Kopf zu schütteln und zu sagen, dass wir doch lieber Herrn Krummbiegels Dicke hätten nehmen sollen. »Die hat bestimmt nicht solch einen Horror vor allem, was nass ist.«

Einmal aber geschah ein Wunder. Da waren wir alle fünf auf der anderen Seite des Flüsschens, um Himbeeren zu pflücken. Und weil alles gute Zureden nichts geholfen hatte und wir nicht wollten, dass Rieke allein am anderen Ufer zurückblieb, hatte ich sie übers »große Wasser« getragen. Was Jessy, Mo und Miri jetzt aber schon lange nicht mehr verwunderte. Sie wussten längst, dass Rieke auch *meine* Rieke geworden war. Und hatten das zufrieden geschluckt.

Riesige, leuchtend rote, schon wunderbar reife Himbeeren wuchsen auf dieser Seite des Flüsschens. Und die Sträucher gehörten niemandem. Wir durften ernten und ernten – Jessy in eine große Schüssel und nur ab und zu mal in den Mund, Mo, Miri und ich fast nur in den Mund.

Rieke streifte lieber über die Felder. Vielleicht hatte sie ja irgendwo Hasen, Kaninchen oder Feldmäuse erschnüffelt.

Mit der vollen Schüssel und genauso vollen Bäuchen wanderten wir danach durch den Fluss zum Ferienhaus zurück, redeten viel und lachten. Und hatten Rieke total vergessen.

Und sie uns auch!

Erst als wir schon auf der anderen Seite des Flusses waren, musste sie gemerkt haben, dass sie allein zurückgeblieben war. Wie sie uns da nachgerast kam! Wie eine kleine schwarze Rakete. Und dann flitzte sie voller Angst, uns für immer verloren zu haben, laut kläffend auf der Uferböschung hin und her.

Ich wollte schon zurück, um sie zu holen. Mo hielt mich am Arm fest. »Warte!«, bat er. Und dann rief er laut: »Komm, Rieke, komm!« – und alle vier spielten wir ihr vor, ohne sie weitergehen zu wollen.

Und was tat Rieke da? Sie stürzte sich, ohne erst Anlauf zu nehmen, voll Todesverachtung in den Fluss. Es war ein so kühner Sprung, den Kopf und die Vorderpfoten voran, dass wir nur staunen konnten. Aus dem Wasser wieder aufgetaucht, paddelte sie dann wie wild mit allen vier Pfoten auf uns zu, stieg an Land und schüttelte sich. Und spritzte uns alle vier dabei so nass, als wollte sie uns für unsere Vergesslichkeit bestrafen. Gleich darauf aber hüpfte sie voller Begeisterung an uns hoch. Weil sie uns endlich wiederhatte.

Auch wir waren hin und weg. Jeder wollte sie herzen und drücken, um sie für ihren »Mut der Verzweiflung«, wie Jessy das nannte, zu belohnen.

Und was machte ich am nächsten Tag? Ich begann mal wieder, sie zu trainieren.

Ich stieg in den Fluss und rief Rieke.

Sie rührte sich nicht, sah mich nur an.

Also trug ich sie über den Fluss und kehrte ohne sie zum anderen Ufer zurück. Kaum war ich dort angekommen, sprang sie wieder so kühn ins Wasser, um mir nachzupaddeln. Es wurde ein richtiges Spiel. Die Angst, uns zu verlieren, war stärker als ihre Furcht vor dem Fluss, stärker als alles andere. Vielleicht wäre sie sogar durchs Feuer gelaufen, nur um bei ihrem Rudel bleiben zu dürfen.

In Italien bewies sie uns dann ein zweites Mal, wie wichtig wir ihr waren.

Es ging nach Grado, ans Mittelmeer. Über hohe Berge und durch viele Dörfer mussten wir fahren und wie immer lösten Mo und Jessy einander am Lenkrad ab. Miri pennte fast die ganze Zeit, ich las Comics und Rieke hechelte. Weil es ja immer heißer wurde.

Garantiert hatte sie längst mitbekommen, dass es nicht nach Hause ging. Und das, obwohl diese ganze Ferienreise für sie nur schwer zu ertragen war. Immer wieder fiepte sie leise, als wollte sie sich über uns beschweren. Hunde mögen nun mal keine Hitze, weil sie ja nicht schwitzen können. Nur über die Zunge können sie sich abkühlen. Ja, und was wollten wir denn überhaupt hier, schien sie sich zu fragen. Zu Hause war's doch viel schöner.

Irgendwann kamen wir dann aber an und parkten vor einem kleinen weißen, mit vielen in der Sonne leuchtenden Sonnenschirmen und genauso bunten Balkonblumen geschmückten Hotel.

Diesmal hatten wir keine Ferienwohnung gebucht. Jessy und Mo wollten nicht immerzu kochen und putzen müssen. Was Miri mächtig stolz machte. Wenn sie während der Fahrt mal nicht gepennt, sondern mit einer ihrer Freundinnen telefoniert hatte, hatte sie jedes Mal ganz cool gesagt: »Wir steigen im Hotel ab.«

Doch bevor wir »absteigen« konnten, mussten wir erst mal »einchecken«. Auch so ein Ausdruck, der Miri gefiel. Und bei diesem »Einchecken« erlebten wir die erste kleine Katastrophe, wie Jessy das später nannte: Hunde waren im *Bella Maria* – so hieß das Hotel – nicht »erwünscht«. Die Chefin des Hotels, eine echte italienische »Mamma«, wie Jessy Mo zuflüsterte, sagte das immer wieder: »No, no! Nix Hund! Nix dog!«

Sie war eine sehr kleine »Mamma«, sehr schwarzhaarig

und sehr dick und auf ihrer Oberlippe wuchs ein dünner Schnurrbart. Das sah lustig aus.

Ob aber das Hotel echt nach ihr benannt worden war, fragte ich Miri leise. *Bella Maria* – schöne Maria? Vielleicht, als sie noch richtig jung war?

Miri kicherte nur. Sie war ungeduldig, wollte an den Strand.

»Aber ich habe Ihnen in meiner zweiten Mail doch mitgeteilt, dass wir einen Hund mitbringen.« Jessy gab sich Mühe, freundlich zu bleiben. »Haben Sie die denn gar nicht gelesen?«

Lange wühlte die Hotelchefin in den Computer-Ausdrucken auf dem Pult, hinter dem sie stand. Doch konnte sie diese zweite Mail weder dort noch in ihrem Computer finden. Nur die erste Mail zeigte sie Jessy. Und das mit vorwurfsvollem Blick. Und in der stand nichts von einem Hund.

»Aber unsre Rieke ist doch kein *großer* Hund.« Mo kurbelte seinen »Charme« an, wie Jessy das immer nennt, wenn er uns zu irgendwas überreden will. »Könnten Sie denn keine Ausnahme machen? Wo sollen wir denn jetzt hin? All die Hotels, Pensionen, Ferienhäuser und Ferienwohnungen hier sind doch sicher längst ausgebucht, jetzt, mitten in der Saison.«

»No, no, no!« Die Frau hinter dem Pult, das eigentlich für sie viel zu hoch war, wedelte mit ihrer kleinen, dicken Hand, als müsste sie eine Wespe verscheuchen. »No, no, no! Nix dog! Nix Hund.«

Mo sah Jessy an – und Jessy Mo. Was sollten wir denn jetzt tun? Etwa wieder nach Hause fahren?

Erst seufzte Mo nur, dann schaltete er seinen »Charme« auf die allerhöchste Stufe – und legte noch eine Menge Euros drauf. »Und wenn wir für unsre Rieke extra bezahlen?«, fragte er und lächelte die Schnurrbartfrau an, als wollte er ihr jeden Moment einen Heiratsantrag machen. »Ist ja klar, so ein Hund macht vielleicht Dreck ... Ich meine, nicht im Zimmer, das halten wir schon selber sauber. Aber vielleicht im Flur, auf der Treppe oder vor dem Haus.«

Wie blöd war das denn? Was sollte Rieke denn für einen Dreck machen, den wir nicht immer und überall sofort *selbst* beseitigen konnten? Mit bösem Blick sah ich erst Mo und dann die Frau hinter dem Pult an. Die Schnurrbartfrau aber fühlte sich von Mos Lächeln so was von gebauchpinselt, dass sie schließlich die Achseln zuckte und – lächelte. »Gutt! Zehn Euro.«

»Für die ganze Zeit?«, fragte Miri.

»Nein.« Mo schüttelte den Kopf. »Natürlich pro Übernachtung, oder?«

»Si! Si!« Die Hotelchefin nickte – und sah endlich auch mal wieder Jessy an. Doch das ohne zu lächeln.

»Aber das sind ja hundertvierzig Euro!« Jetzt war Miri genauso empört wie ich. Strand hin oder her, hundertvierzig Euro für einen Dreck, den es ganz bestimmt gar nicht geben würde? Das war ja Betrug.

»Das ist der übliche Preis.« Mo legte ihr die Hand auf die

Schulter, wie um sie festzuhalten. »Und warum denn auch nicht? Wir leben doch alle von unserer Arbeit.« Und damit zückte er sein Portemonnaie und legte die hundertvierzig Euro gleich mal auf den Tisch. »Wenn Sie mir dafür bitte eine Quittung geben würden? Nur damit alles seine Ordnung hat.«

Mürrisch strich die kleine, dicke Schnurrbart-Mamma die Geldscheine ein, dann suchte sie ewig lange nach dem Quittungsblock.

Geduldig warteten wir, bis sie den Block gefunden hatte, seufzend schrieb sie was auf das Quittungspapier. Dann, endlich, händigte sie uns die Schlüssel zu unseren Zimmern aus. Einer war für Mo und Jessy, einer für Miri und mich.

Keiner von uns sagte Danke.

Das war die erste »kleine Katastrophe«. Die zweite erlebten wir drei Tage danach.

Rieke war ganz plötzlich wieder heiß geworden. Nun schon zum zweiten Mal, aber diesmal viel zu früh. Das halbe Jahr war ja noch längst nicht um. Nie wären wir mit ihr in die Ferien gefahren, wenn wir das vorher gewusst hätten. In Grado mussten wir ja noch mehr auf sie aufpassen als zu Hause. Ganz besonders, wenn wir mit ihr durch die Straßen spazierten oder in einem der zahllosen Restaurants saßen. Die vielen Rüden hier, die rochen sofort, was mit ihr los war.

Kam einer angerannt, mussten wir ihn mit lautem Geschimpfe und wildem Gefuchtel fortjagen. Wenn er sich überhaupt fortscheuchen ließ. Blieb er hartnäckig, mussten wir Rieke hochnehmen oder uns zu viert um sie herumstellen, damit kein Durchkommen möglich war, bis endlich sein Herrchen oder Frauchen angelaufen kam, um den verliebten Gino, Bello oder Tarzan an die Leine zu nehmen.

Aber was hätten wir denn sonst tun sollen? Wollte ja keiner nach kurzem Gassigehen viele Stunden lang mit Rieke im Hotelzimmer herumhängen. Was wären denn das für Ferien geworden? Vor uns Sonne und Meer – und Mo, Jessy, Miri oder ich saßen auf dem Balkon oder pennten vor dem Fernseher?

Oder sollten wir etwa mit traurigen Gesichtern nach Hause abdüsen? Die vierzehn Tage waren fest gebucht, also mussten wir für die ganze Zeit bezahlen, egal ob wir blieben oder nicht. Und die hundertvierzig Euro für Rieke waren ja auch schon weg. – Nein, darüber wollten wir lieber gar nicht erst nachdenken. Uns blieb nur übrig, uns daran zu gewöhnen, dass uns sämtliche Rüden nachliefen und wir sie immer wieder fortjagen mussten.

Aber das war oft ziemlich anstrengend – und eines Abends wurde es ganz schlimm. Da belagerte uns, als wir in einem Straßenrestaurant saßen, ein kleiner, frecher Straßenköter ohne Halsband, der sich einfach nicht fortjagen ließ. Egal wie oft wir ihn vertrieben, er kam immer wieder zurück und sah zu Rieke hin, als wollte er sie hypnotisieren. Und an die Leine nehmen konnte ihn niemand, weil er keinem gehörte.

Es war noch ganz hell, die Sonne war gerade erst am

Untergehen. Ich verdrückte meine Spaghetti, Jessy, Mo und Miri schoben ihre Lasagne ein. Rieke lag unterm Tisch, ihre Leine war an meinem Stuhlbein festgebunden.

Und so war ansonsten alles bestens. Wir aßen und tranken und redeten viel. Gute Ferienlaune pur. Wenn da nur nicht dieser kleine, weiße Rüde gewesen wäre! Ein Mischling aus ganz verschiedenen Rassen, rund ums linke Auge ein schwarzer Fleck. Aus drei Metern Entfernung beobachtete er Rieke. Und durch den schwarzen Fleck sah es aus, als zwinkerte er ihr immer wieder zu.

»Der sieht lustig aus.« Miri musste über ihn lachen. »Der könnte mir auch gefallen. Wollen wir ihn mitnehmen?«

Der Kleine sah wirklich lustig aus. Und schien viel geschickter vorgehen zu wollen als all die anderen Rüden, die Rieke vorher erschnüffelt hatten. Er kam nicht zu ihr hingelaufen, stand nur da und sah Rieke an. Und »zwinkerte«.

Und Rieke sah ihn an – und fiepte.

»Der gefällt dir wohl?« Mo drohte ihr mit dem Zeigefinger. »Lass den mal lieber laufen. Scheint mir 'n ganz raffinierter Typ zu sein, dieser kleine Pirat mit der schwarzen Augenklappe.«

Und wieder stand er auf, um ihn fortzujagen.

Der verliebte Rüde lief kurz weg – und kam zurück.

Mo vertrieb ihn noch öfter, doch jedes Mal das gleiche Spiel: Kaum hatte er sich wieder hingesetzt, war der kleine Italiener wieder da. Die Leute an den Nebentischen lachten und uns wurde die Sache immer peinlicher. Doch hatten wir ja noch nicht aufgegessen und erst recht noch nicht bezahlt, wir konnten nicht weg.

Und Rieke?

Sie wurde immer unruhiger, sah zu dem kleinen Rüden hin, fiepte immer lauter und zerrte wie verrückt an der Leine. Und dann, ganz plötzlich, riss sie sich los.

Ich weiß bis heute nicht, wie sie das geschafft hat. Sie muss die Leine irgendwie unter meinem Stuhl durchgezogen haben. Ein blöder Zufall, dass das funktioniert hat. Aber egal, wie und warum, jetzt war sie frei – und lief mit dem kleinen Weißen davon. Er vorneweg, sie mit schleppender Leine hinterher.

»Rieke!«, schrien Miri und ich ganz erschrocken und dann hetzten wir ihr auch schon nach. Dabei immer lauter ihren Namen rufend: »Riieeke! Riiieeeke!« Und weil die beiden Hunde immer schneller liefen, mussten auch wir immer schneller werden.

Durch mehrere Straßen ging es, und ich hatte eine höllische Angst, dass wir die beiden in dem Gewirr der so engen, verwinkelten Gassen aus den Augen verlieren könnten.

Wie lange wir den beiden nachgelaufen sind? Keine Ahnung! Es erschien mir endlos. Irgendwann wollten sie dann in eine Toreinfahrt hinein. Und wären sie erst mal in dem Hof dahinter verschwunden, hätten wir Rieke kaum wiedergefunden. Dort war ja alles voller Tische und Stühle, Kisten und Kartons. In höchster Panik schrien Miri und ich ein letztes Mal »Riiieeeke!«. Aber diesmal so schrill und hoch und voller Verzweiflung, dass sie tatsächlich stehen blieb und zu uns hinsah.

»Rieke!«, bettelte Miri da nur noch ganz leise. »Komm doch her! Bitte, komm her!«

Und wirklich, Rieke kam auf uns zugelaufen! Und das mit einem total verwirrten, vielleicht sogar schuldbewussten Gesicht.

Sofort nahm Miri sie auf den Arm und trug sie fort. Der kleine Pirat aber gab immer noch nicht auf. Durch alle Gassen und egal wie oft ich mich zu ihm umdrehte, um ihn fortzuscheuchen, kam er uns nachgetrippelt, bis wir wieder im Restaurant angelangt waren. Und da stand er dann wieder vor uns und zwinkerte Rieke zu, obwohl sie ihm jetzt – ganz, ganz fest am Tisch angebunden – lieber den Rücken zudrehte.

Den Leuten an den Nebentischen gefiel diese Hartnäckigkeit. Immer lauter lachten sie über die beiden Hunde. Wir waren froh, als wir endlich bezahlen und gehen konnten.

Auf dem Weg zurück zum Hotel schimpften Mo und Jessy aber nicht mit Rieke. Im Gegenteil, sie lobten sie.

»Ist ja ganz und gar gegen ihre Natur, dass sie so einfach

zu uns zurückgekehrt ist«, sagte Jessy stolz. »Ich glaube nicht, dass viele Weibchen das getan hätten.«

Das glaubten Miri und ich auch nicht. Wir fragten uns nur leise, ob Rieke auch zurückgekehrt wäre, wenn Mo und Jessy ihr nachgelaufen wären. Oder ob Rieke das nur Miri und mir zuliebe getan hat. Was für uns natürlich das Allerschönste gewesen wäre. Nur werden wir das leider nie herausbekommen.

Irgendwie schade, finde ich.

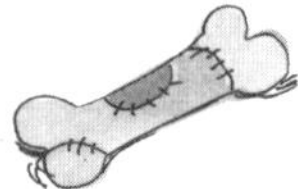

WER IST HIER DIE NR. 4?

In jedem Wolfsrudel gibt's eine Rangfolge. So steht's in Miris Hundebuch. Es gibt den Alpha-Wolf – das ist der Chef des Rudels. Und es gibt einen jüngeren Zweitstärksten, den Beta-Wolf. Ist der Alpha-Wolf zu alt geworden, wird der Beta-Wolf Rudelchef.

Aber auch alle anderen Wölfe haben ihren festen Platz in der Rangfolge. Nur verschiebt sich die eben öfter. Immer dann, wenn einer stärker oder schwächer wird. Jeder muss ausprobieren, wie weit nach oben er es schafft. Das verlangt das Wolfsgesetz.

Bei Hunden ist das nicht viel anders. Das weiß ich jetzt.

Aus Riekes Sicht ist Mo unser »Alpha-Männchen«. Weil er nun mal der Größte und Stärkste von uns ist und die tiefste Stimme hat. Die Nr. 2, unser »Alpha-Weibchen«, ist Jessy. Die Nr. 3 ist Miri, die Nr. 4 bin ich.

Rieke kann bei uns also nur die Nr. 5 sein. Doch wollte sie sich damit nicht zufriedengeben. Weil sie inzwischen immer größer und stärker geworden war, musste sie – nach dem Wolfs- oder Hundegesetz – irgendwann versuchen, einen Platz aufzurücken. Und wenn *sie* die Nr. 4 werden wollte, wen musste sie dann verdrängen? Natürlich mich, den Jüngsten und Kleinsten in unserem »Rudel«.

Immer öfter begann sie, mich anzuknurren. Ich begriff erst gar nicht, was sie wollte. Bis sie mal mit ihren Zähnen mein Hosenbein packte, um mich hin und her zu zerren.

»Rieke!«, schrie ich sie an. »Spinnst du? Lass meine Hose los!« Was sollte denn das? Wollte sie mich ärgern? War das ihre »Rache«: Erst hast *du* mich nicht gewollt, jetzt will *ich* dich nicht mehr? Von der Sache mit der Rangfolge hatte ich ja noch keine Ahnung.

Doch Rieke ließ einfach nicht los. Sie hing an mir dran wie eine Klette. Bis Miri sie endlich am Nacken packte, ihr einen Klaps gab und von mir fortzog.

»Jetzt geht's los«, sagte sie. »Jetzt will sie *dich* zur Nr. 5 machen.« Und sie las mir vor, was in ihrem Hundebuch über solche »Attacken« stand.

Ich lachte nur. So ein Quatsch! Zwar bin ich klein, aber gegen Rieke ein Riese. Und außerdem: Ein Mensch ist kein Hund. Wie konnte sie nur auf eine so bescheuerte Idee kommen, sich über mich stellen zu wollen?

Zwei Tage später knurrte sie mich wieder an. Diesmal so laut, als wollte sie mir drohen. Grinsend zeigte ich ihr einen Vogel. Sie knurrte aber weiter. Und dann legte sie sich auf ihre Decke und kuckte mich ganz seltsam an. So hatte sie mich noch nie zuvor angeschaut. Irgendwie prüfend oder abschätzend. Na ja, dachte ich, irgendwann wird sich diese Spinnerei schon wieder legen. Sie ist doch sonst immer meine Beschützerin.

Was aber passierte noch am selben Abend, als ich zum Essen in die Küche kam? Wer thronte da auf der Eckbank? Und zwar genau auf meinem Platz?

Rieke.

Jessy, Mo und Miri saßen längst am Tisch, hatten Rieke aber nicht von der Bank gescheucht.

»Das musst du selbst in Angriff nehmen«, sagte Mo. »Mach ihr klar, wer von euch beiden der Chef ist. Sonst versucht sie, übermorgen Miri und nächste Woche Jessy wegzubeißen.«

Wütend rief ich: »Runter, Rieke! Hau ab! Sofort.«

Rieke aber saß da wie festgenagelt, zeigte mir die Zähne

und knurrte mich an, als hätte ich mich gefälligst auf ihre Decke zu legen.

Wieder rief ich: »Runter, Rieke! Sofort!« Jetzt noch wütender, noch lauter.

Und was machte sie da? Sie begann, mich anzukläffen.

»Pack sie am Halsband und zieh sie runter«, riet Jessy.

Ich versuchte es – und da zwickte Rieke mich in die Hand.

Es war kein richtiger Biss, wirklich nur ein Zwicken. Trotzdem erschrak ich, denn das hatte ja wehgetan. Auch Jessy, Mo und Miri kuckten empört, mischten sich aber nicht ein. Ich allein musste mir meinen Platz am Tisch zurückerobern. – Doch was sollte ich tun, außer Rieke noch mal anzuschreien?

»Blöde Töle!«, schrie ich. »Hau ab oder ich stopfe dich ins Klo und spül dich runter.«

Was bildete Rieke sich denn ein? Ich bin ein Mensch, sie ist ein Hund, der auf meinem Platz nichts zu suchen hat.

Rieke aber dachte immer noch nicht daran, zu gehorchen.

Da, ganz plötzlich, hatte ich eine Idee. Und so packte ich sie diesmal nicht am Halsband, sondern schob beide Hände unter ihren Hintern und versuchte, sie anzuheben. Klar, ich wusste, dass das nicht klappen konnte. Dafür ist Rieke längst viel zu schwer. Doch geriet sie ins Wanken – und musste von der Bank springen. Im Nu saß ich wieder auf meinem Platz und lachte sie aus. »Na, du Nr. 4?«

Sie fand das leider gar nicht witzig. Wie um gegen diese Vertreibung zu protestieren, setzte sie sich vor mich hin, knurrte mich an und kläffte laut. Sie schien wirklich zu glauben, mein Platz wäre ihr Platz.

Ich zeigte ihr einen Vogel und wollte sie einfach nicht mehr anschauen. Doch Rieke hörte und hörte nicht auf zu kläffen. Also war die Sache noch nicht erledigt.

»Hol ihre Decke, setz sie drauf und zieh sie mitsamt der Decke in den Flur«, riet Mo.

Aber das war kein kluger Rat. Kaum war ich aufgestanden, wer saß da wieder auf meinem Platz?

Rieke!

Jetzt war ich echt sauer. Sogar stinkesauer. Wieder schob ich meine Hände unter ihren Hintern und wieder sprang sie von der Bank. Doch jetzt, zum Glück, kam mir Miri zu Hilfe. In voller Länge legte sie sich auf die Bank, sodass Rieke, wollte sie Miri nicht auf den Kopf springen, meinen Platz nicht wieder besetzen konnte. Ihr blieb nur übrig, sich mit unserer Nr. 3 anzulegen. Laut kläffte sie Miri an.

Ich aber, ich lief in den Flur, nahm Riekes Decke und breitete sie in der Küche aus. Und dann setzte ich Rieke drauf und zog sie mitsamt der Decke zurück in den Flur. Vor lauter Verblüffung über diese Schlittenfahrt fiel ihr gar nicht ein, von der Decke zu springen. Sie saß drauf und fuhr mit.

»So!«, sagte ich dann ganz laut zu ihr und schwenkte den Zeigefinger vor ihrer Nase hin und her. »Du bleibst jetzt hier, verstanden? Das hier« – und fest klopfte ich mit der Hand auf die Decke – »ist *dein* Platz. Und wenn du in die Küche kommst, dann bleibst du schön auf dem Fußboden, okay?«

Sie sah mich an, als müsste sie erst überlegen, wer ich überhaupt bin. Dann, endlich, legte sie die Ohren an und streckte sich auf ihrer Decke aus, als wollte sie ganz und gar darin verschwinden.

Ich hatte gewonnen.

Mo, Jessy und Miri klatschten mir Beifall, und ich verneigte mich vor ihnen, als hätte ich gleich mehrere Tiger durch einen Feuerreifen springen lassen.

Doch ehrlich: Ich hatte echt Schiss davor gehabt, von Rieke nicht mehr respektiert zu werden. Als Nr. 4 hätte sie ja nicht mehr auf mich gehört. Zwar hätte ich deswegen nicht gleich auf ihrer Hundedecke schlafen und aus ihrem Fressnapf löffeln müssen, aber vielleicht wäre irgendwann sie mit mir Gassi gegangen anstatt ich mit ihr. Gibt ja viele Hunde, die über ihre Herrchen oder Frauchen bestimmen. Mal zerren sie sie hierhin, mal dorthin. Irgendwie stimmt da die Rangfolge nicht mehr.

Wie blöd, wenn mir das passiert wäre!

Als wir dann endlich gegessen hatten und vom Tisch aufgestanden waren, ging ich noch mal zu Rieke in den Flur – und da tat sie mir schon wieder leid.

Wie sie dalag! Die Augen halb geschlossen, die Schnauze flach auf ihrer Decke. Was sie getan hatte, war ja nicht böse gemeint gewesen. Sie hatte das einfach eines Tages tun müssen. Was konnte sie denn dafür, dass dieses Wolfsgesetz noch immer in ihrem Kopf herumspukte?

»Zeig ihr, dass du sie noch lieb hast«, schlug Jessy vor. »Aber bleib der Stärkere.«

Also setzte ich mich zu ihr und streichelte sie und flüsterte ihr zu, dass wir ja immer noch Freunde wären. Sie dürfe so etwas nur eben nie wieder tun.

Nur kurz schaute sie mich an, dann leckte sie mir die Hand. Und hat danach nie wieder versucht, sich auf meinen Platz zu setzen.

WENN RIEKE WILL!

So! Das wird jetzt die letzte Rieke-Geschichte. Aber ganz bestimmt die wichtigste.

Hab's ja schon erzählt: Soll Rieke ihr Hundefutter fressen, frisst sie nie mehr als die Hälfte von dem, was in der Büchse ist. Auf der Straße oder im Park aber verschlingt sie alles, was ihr nur irgendwie fressbar erscheint.

Mo, Jessy, Miri und ich, wir schimpfen dann mit ihr. Aber ändern können wir daran nichts. Beim nächsten Gassigehen – dasselbe. Einmal hat sie sogar einen stinkigen, alten Socken fressen wollen. Konnte ihr den gerade noch aus der Schnauze reißen.

Mit einem Socken kann man sich nicht vergiften, mit manch anderem, was auf der Straße oder im Park herumliegt, aber schon. Ist Rieke ja auch öfter passiert. Zum Glück hat sie davon meist nur Durchfall oder das große Kotzen bekommen. Einmal aber, da war es schlimmer. Viel schlimmer!

An diesem Nachmittag war *ich* mit ihr Gassi gegangen. Und eigentlich war alles wie immer. Außer dass ich mit meinen Gedanken ganz woanders war. Weil ich mich mit Randy gestritten hatte. Und das wegen was ganz Blödem. Ob es nämlich wirklich Außerirdische geben kann oder nicht. Randy sagte Nein, ich sagte Ja. Darüber ärgerte ich mich immer noch, weil ja sowieso keiner von uns beweisen kann, dass er recht hat. – Na ja, und so merkte ich nicht, dass Rieke sich mal wieder was geschnappt hatte, das in keiner Fernseh-Kochshow einen Preis bekommen würde. Erst viel später, zu Hause, da lag sie auf einmal wie tot auf ihrer Decke.

Aber auch das bekam ich nicht mit. Miri war es, die sie anstupste. »Hey, Riekchen, was ist denn?«, fragte sie besorgt. »Bist du nur müde? Oder tut dir was weh?«

Rieke hob nicht mal den Kopf, seufzte nur tief.

Gleich kam Miri zu mir ins Zimmer gestürmt und wollte wissen, ob Rieke beim Gassigehen mal wieder irgendwas Ekliges gefressen hatte.

»Hab nichts gesehen«, murrte ich. Dachte ja immer noch an den Streit mit Randy. Dazu die blöden neuen Matheaufgaben – am liebsten hätte ich mich ins Bett verkrochen und eine ganze Woche lang nur geschlafen.

»Aber sie liegt da wie tot!« Mit aller Gewalt zog Miri mich vom Stuhl, so aufgeregt war sie. »Vielleicht stirbt sie ja wirklich.«

Im Nu war ich hellwach. Randy und Mathe waren vergessen. Noch vor Miri war ich im Flur und kniete mich neben Rieke hin. Und tatsächlich: Sie lag da, als wäre sie schon gar nicht mehr richtig am Leben.

Was bekam ich da für eine Angst um sie! Beinahe hätte ich geheult. »Aber Rieke!«, flüsterte ich ihr ins Ohr. »Was ist denn mit dir? Wenn du was Schlimmes gefressen hast, dann kotz es doch aus. Du weißt doch, dann geht's dir gleich wieder besser.«

Aber diesmal konnte oder wollte Rieke nicht kotzen. Und sollte ich ihr denn den Finger in den Hals stecken, um sie dazu zu zwingen? Im Fernsehen hatte mal einer so etwas gemacht. Aber was, wenn Rieke dann an meinem Finger erstickt wäre?

Wir wollten nichts riskieren und liefen zu Mo. Sofort kniete auch er neben Rieke und hob ihren Kopf an, um ihr in die Augen sehen zu können. Die waren ganz trüb. Er seufzte. »Also diesmal sieht es nach was Ernstem aus, wir müssen zu Doktor Kresse.«

Und schon zog er seine Jacke an und steckte die Autoschlüssel ein. Und dann nahm er Rieke in beide Arme, sodass er sie wie auf einer Bahre tragen konnte, und fragte nur noch: »Kommt ihr mit?«

Was für eine Frage! Natürlich fuhren wir mit. Und wäre

Jessy zu Hause gewesen, wäre garantiert auch sie mitgefahren. Zu viert wären wir dann bei Dr. Kresse aufgetaucht, dem Tierarzt, der Rieke längst kannte und von dem es heißt, dass er früher im Zoo gearbeitet und dort von der Eidechse bis zum Elefanten alle Tiere behandelt hat. Jetzt ist er alt, jetzt reichen ihm Hunde, Katzen und Kanarienvögel.

Im Wartezimmer war es voll. Ein weißer Pudel, ein Dackel, ein Yorkshireterrier und eine grimmig blickende, aber harmlose Bulldogge warteten darauf, von Dr. Kresse behandelt zu werden. Dazu noch zwei Katzen, ein Wellensittich im Vogelbauer und ein Meerschweinchen im Schuhkarton, das von einem kleinen Mädchen immerzu gestreichelt wurde.

Mo sagte der blonden Sprechstundenhilfe, was mit Rieke los war, und sie versprach, uns sofort ranzunehmen. Wir müssten nur warten, bis die Patientin, die gerade untersucht wurde, aus dem Arztzimmer käme.

Also setzten wir uns hin und warteten. Und wussten bald, woran alle diese Tiere, die mit uns warteten, litten, so viel wurde erzählt. Mo, Miri und ich hörten nur zu. Was hätten *wir* denn erzählen sollen? Wir wussten ja nicht mal, was Rieke gefressen hatte. Und, na ja, vielleicht schämten wir uns auch. – Weshalb hatten wir nicht besser auf sie aufgepasst? Wieso hatten wir ihr nicht abgewöhnt, immer wieder so ein ekliges, manchmal vielleicht sogar giftiges Zeug zu fressen?

Die Patientin, die vor uns dran war – eine Ringelnatter in einem gläsernen Transportterrarium –, wurde hinausgetragen, und ich sah ganz erschrocken zu dem Jungen hin, der das Glas trug. Er hatte geweint. War seine Schlange vielleicht schon tot? Oder hatte Dr. Kresse sonst irgendwas Schlimmes gesagt?

Jetzt aber waren wir dran. Und als Mo Rieke endlich im Arztzimmer auf den Behandlungstisch legen konnte und Dr. Kresse uns drei einen nach dem anderen begrüßt hatte, schimpften Miri und ich ein bisschen auf Riekes ewige »Eklikatessen-Fresserei«.

Der große, grauhaarige, immer freundliche Tierarzt fand das allerdings gar nicht gut. »Na, nun tutet mal nicht so ins Horn!«, sagte er. »Denkt ihr etwa, eure Rieke ist die einzige Hündin mit einem so ausgeprägt unappetitlichen Appetit? Es gibt viele Hunde, die alles Mögliche fressen, was uns Menschen eklig erscheint. Dafür können sie nichts, das liegt in ihrer Natur begründet. Was kriegen sie denn von uns in ihren Napf? Immer nur sauberes Büchsenfleisch. Oder – noch schlimmer! – irgendein lausiges Trockenfutter.«

Miri musste widersprechen. »Aber das stimmt ja gar

nicht. Morgens bekommt sie immer Reis und Gemüse und so was. Und mittags 'nen halben Apfel.«

»Sehr schön!« Dr. Kresse nickte übertrieben zufrieden. »Und alles bestens zubereitet, oder? – Aber so reinlich geht's in der Natur nun mal nicht zu. Also fehlt den Tieren oft etwas, was wir vielleicht sogar als ›Dreck‹ bezeichnen. Und diesen ›Dreck‹, den wollen oder müssen sie sich dann eben anderweitig besorgen.«

Das wussten wir ja alles schon. Mo hatte es gesagt und Miri es in ihrem Hundebuch gelesen. Doch wenn Dr. Kresse so was sagte, war das natürlich etwas ganz anderes. Also genierten Miri und ich uns mal wieder, weil wir so blöd über Rieke geschimpft hatten, obwohl sie doch gar nichts dafür konnte, dass sie nur ein Hund wie alle anderen war.

Dr. Kresse gab Mo dann gleich mal einen Tipp, was wir Rieke außer Büchsenfleisch, Reis und Gemüse und täglich einen halben Apfel noch zu fressen geben sollten. »Am besten öfter mal Innereien wie Magen, Herz und Pansen«, sagte er. »Besonders Pansen empfehle ich Ihnen. Dann stinkt's, egal ob roh oder gekocht, in Ihrer Küche zwar ziemlich bestialisch, aber Ihre Rieke wird fressen wie noch nie zuvor in ihrem Leben – und auf der Straße oder im Park vielleicht nicht mehr ganz so eifrig den Staubsauger spielen.«

Mo versprach, diesen Ratschlag ab sofort zu beherzigen, und Miri flüsterte mir ins Ohr, dass auch das *genau so* in ihrem Hundebuch gestanden hätte.

»Und warum hast du uns das nicht gesagt?«

Ich konnte sie nur ganz entgeistert anstarren. Wie oft hatte Miri uns Vorträge darüber gehalten, wie wir mit Rieke umgehen sollten! Wie oft hatte sie uns gepredigt, dass wir Rieke nicht heimlich was ins Maul stecken sollten! Und das Wichtigste von allem hatte sie uns nicht verraten?

Sie zuckte nur die Achseln – und wurde rot. Und da wusste ich Bescheid: Nur weil sie Angst gehabt hatte, dass *sie* dann für Rieke all das stinkige Zeug hätte kochen müssen, hatte sie uns das nicht verraten. *Sie* war es ja gewesen, die unbedingt einen Hund haben wollte. Und hatte sie deshalb nicht immer wieder getönt, dass sie – sie ganz allein! – sich um diesen Hund kümmern wollte, wenn sie endlich einen bekommt? In die Küche aber ging sie nur, wenn das Essen schon auf dem Tisch stand, weil dafür ja nur Mo oder Jessy zuständig waren. – Na, und etwas kochen, das stank? Das natürlich erst recht nicht.

Dr. Kresse untersuchte Rieke sehr gründlich. Erst sah er ihr in die Augen und in die Schnauze, um ihre Zunge begutachten zu können. Danach betastete er lange ihren Bauch und horchte sie mit dem Stethoskop ab, um ihren Herzschlag zu überprüfen. Am Ende machte er ein besorgtes Gesicht.

»Ja«, sagte er. »Sie scheint wirklich etwas Giftiges gefressen zu haben. Es geht ihr nicht gut. Ihr Herz schlägt sehr langsam. Das Gift ist also schon in ihrem Blut. Deshalb nützt es wenig, ihr den Magen auszupumpen. Was sie ja auch sehr belasten würde, so schwach, wie sie nun schon ist.«

Und dann kratzte er sich am Kopf und fragte sich selbst: »Also, was tun wir?«

Und er überlegte ein Weilchen und sagte dann: »Am besten geben wir ihr jetzt erst mal eine Spritze, von der ich hoffe, dass sie wirkt. Und danach flüstern wir ein bisschen mit dem lieben Gott ... Hat ihr Körper genug Kraft, um sich mit Hilfe des Medikaments gegen dieses Gift zu wehren, wird über Nacht alles gut. Wenn nicht, ja, dann muss ich sie mir morgen früh noch mal ansehen.«

In mir zog sich alles zusammen. Sagte Dr. Kresse das vielleicht nur, um uns zu trösten? Befürchtete er insgeheim vielleicht, dass Rieke nicht wieder gesund werden würde?

Mo musste Ähnliches gedacht haben. »Kann es sein, dass irgendjemand dieses Gift ausgestreut hat?«, fragte er leise. »Hab in der Zeitung mal von einem Hundehasser gelesen. Er wollte möglichst viele Tiere umbringen, weil ihr Kläffen und ihr Kot ihn störten. Ist allerdings schon lange her.«

Dr. Kresse machte ein nachdenkliches Gesicht. »Nun ja, so was kommt leider immer wieder mal vor. In unserem Fall allerdings halte ich das für höchst unwahrscheinlich. Weil sonst ja sicher sehr viel mehr Tiere davon betroffen wären, und dann wäre meine Praxis jetzt noch voller.«

Wieder wurde mir ganz komisch zumute. Gab's so was denn tatsächlich? Typen, die Gift ausstreuten, weil sie Hunde hassten? Ich sah Miri an – und Miri sah mich an. Und dann nahm sie auch schon meine Hand, wie um mich festzuhalten. Und das, obwohl sie selbst ganz bleich war.

Dr. Kresse hatte das gesehen. Lächelnd zwinkerte er uns zu. »Na, nun kuckt mal nicht wie zwei Frösche, wenn's donnert. Wird schon alles gut werden. Wichtig ist nur eines: dass eure Rieke vor morgen früh nichts zu trinken bekommt. Gar nichts, hört ihr? Null Komma nichts! Fressen wird sie sowieso nicht wollen, aber sie wird Durst haben. Großen Durst! Sie wird um Wasser *betteln*. Aber ihr dürft, dürft, dürft ihr nichts zu trinken geben. Sonst kann die Spritze nicht wirken. Versprecht mir, dass ihr nicht weich werdet, egal wie leid sie euch tut.«

Miri und ich nickten und Mo nickte dann auch. »Versprochen!«, sagte er mit heiserer Stimme. »Wenn's drauf ankommt, kann man sich auf uns verlassen.«

»Gut!« Dr. Kresse gab Rieke die Spritze – und sie zuckte nicht mal zusammen. Als wäre ihr ganz egal, was mit ihr passiert, so lag sie auf dem Behandlungstisch. Und als Mo sie wieder in seine Arme genommen und sich bei Dr. Kresse bedankt hatte, blickte der Arzt Miri und mich noch mal mahnend an und hob den Zeigefinger. »Nicht vergessen: keinen Tropfen Wasser, kein Bier und keinen Schnaps! Abgemacht?«

Wieder konnten wir nur nicken, und da klopfte Dr. Kresse uns, bevor wir gingen, noch mal auf die Schultern. »Keine Sorge! Wenn eure Rieke das wirklich will, geht's ihr morgen früh wieder besser. Und warum sollte sie denn nicht wollen? Es gefällt ihr doch bei euch, oder?«

Eine Frage, über die ich lange nachdenken musste.

Gefiel es Rieke bei uns? Oder bildeten wir uns das bloß

ein? Und kann man Tieren denn überhaupt ansehen, ob es ihnen irgendwo gefällt oder nicht? Soll ja Leute geben, die ihre Hunde ganz schlecht behandeln – und trotzdem lecken sie ihnen die Hände.

Oder tun sie das vielleicht nur, weil sie Angst vor ihnen haben?

Wenn Rieke wirklich will, geht's ihr morgen früh wieder besser, hatte Dr. Kresse gesagt. Noch so etwas, über das ich, als wir wieder im Auto saßen, lange nachgrübelte: Kann ein Hund oder Mensch denn tatsächlich wieder gesund werden, nur weil er das *will?*

Kaum waren wir wieder zu Hause, zeigte Rieke uns schon, was für einen großen Durst sie hatte. Sie taumelte zu ihrem Wassernapf und leckte ihn aus. Und das, obwohl gar nichts drin war. Als sie es merkte, sah sie uns an.

»Nein, Rieke!« Mo kniete sich neben sie, um sie zu streicheln. »Wir dürfen dir nichts zu trinken geben. Wir wollen doch, dass du wieder gesund wirst. Du bist doch *unsere* Rieke, die schönste, lustigste, mutigste Rieke der Welt.«

Als er das sagte, hätte ich beinahe losgeheult. Musste mir das richtig verkneifen.

Miri rief inzwischen Jessy an, um ihr alles zu erzählen. Sofort kam sie nach Hause, setzte sich zu Rieke auf die Decke und nahm sie auf den Schoß.

»Rieke!«, flüsterte sie ihr ins Ohr. »Du dumme, dumme Rieke! Was machst du bloß für Sachen!«

Und dann ließ sie sich von Mo, Miri und mir alles noch mal ganz genau erzählen und stellte viele Fragen. Jedes einzelne Wort von dem, was Dr. Kresse gesagt hatte, wollte sie wissen.

Und danach? Danach fragte sie mich, was Rieke beim Gassigehen denn gefressen haben könnte. Und als ich da nur hilflos herumstotterte, weil ich ja gar nicht mitbekommen hatte, was Rieke sich geschnappt hatte, meinte sie, dass man seine Augen eben nicht ständig bei Rieke haben könne. Das habe sie ja an sich selbst schon gemerkt.

Dazu konnte ich gar nichts sagen, ohne nun doch noch loszuheulen. Zwar hatte sie recht, aber ich wusste ja, dass ich nur wegen diesem blöden Streit mit Randy tatsächlich nicht gut genug auf Rieke aufgepasst hatte!

Aber auch Miri verteidigte mich. »Wenn Rieke sich was schnappt, so schnell kann ja wirklich keiner kucken«, sagte sie. »Und erst recht nicht zu ihr hinlaufen.«

Da hätte ich am liebsten gleich wieder ihre Hand genommen. Manchmal ist es ja doch nicht so schlecht, eine große Schwester zu haben.

Mo bat dann auch Jessy, sich von Riekes schlimmem Durst nicht »beeindrucken« zu lassen und ihr auf gar keinen Fall etwas zu trinken zu geben. Weil ja sonst die Spritze nicht wirken würde.

Jessy nickte nur zu allem. Hätte sie noch irgendwas gesagt, wären ganz bestimmt auch ihr die Tränen gekommen.

Riekes Durst aber wurde immer schlimmer. Alle paar Minuten stand sie auf, um zu ihrem leeren Napf zu taumeln und daran zu lecken. Bis sie ihn schließlich mit der Schnauze von sich wegstieß, wie um uns zu zeigen, dass er leer war und wir ihn mit Wasser füllen sollten.

Was wir natürlich nicht taten.

Und was machte sie dann? – Sie schlich sich ins Bad, richtete sich mühselig auf und legte die Vorderpfoten aufs Waschbecken, um erst den Wasserhahn und danach uns anzustarren.

Wie ein kleiner Mann oder eine kleine Frau stand sie da und blickte uns mit ihren dunklen Augen an. Sie wusste ganz genau, es musste nur einer von uns den Hahn aufdrehen, dann würde das Wasser fließen und sie konnte trinken.

Wieder wurde mir ganz komisch im Bauch. Wie ein Schuft kam ich mir vor. Wie der schlimmste Verbrecher in einem Fernsehkrimi. Rieke begriff ja nicht, weshalb wir den Hahn nicht einfach aufdrehten. Warum quälten wir sie so?

Jessy nahm sie in die Arme und trug sie auf ihre Decke zurück. »Morgen«, flüsterte sie ihr dabei zu, »morgen darfst du wieder trinken. Und zwar gleich ganz früh und so viel du willst. Du musst doch wieder gesund werden.«

Das konnte Miri nicht länger mit anhören. Sie lief in ihr Zimmer und schlug die Tür hinter sich zu. Und ganz bestimmt lag sie danach auf ihrem Bett, um all ihre Angst um Rieke ins Kopfkissen zu heulen.

Und ich? Ich heulte nun auch. Nur eben sehr, sehr leise. Mehr nach innen. Damit Mo und Jessy es nicht mitbekamen.

Das ging doch nicht, dass wir jetzt alle heulten. War ja so schon schlimm genug.

In dieser Nacht haben wir alle vier nicht richtig geschlafen. Zwar lagen wir in unseren Betten, hatten aber die Türen offen gelassen, damit Rieke sich im dunklen Flur nicht so allein fühlte.

Die Geräusche, die sie machte! Mal fiepte, mal knurrte sie leise. Und immer wieder stand sie auf und kratzte an der Tür zum Badezimmer. Sie wollte an den Wasserhahn.

In meinem Kopf ging alles durcheinander. Was, wenn Rieke nicht wieder gesund wurde? Wie schlimm wäre das! Für uns, aber auch für sie. Sie sollte doch irgendwann mal Junge bekommen. Wenn die dann um sie herumwuselten, wie damals die fünf Welpen um ihre Mutter Trixi, wie cool wäre das! Für sie. Aber auch für uns.

Bald hielt ich diese Gedanken nicht länger aus. Ich stand auf und schlich mich in den Flur, weil Jessy und Mo, hätten sie mich gehört, mich ganz bestimmt ins Bett zurückgescheucht hätten. Doch als ich mich zu Rieke setzen wollte, wer saß schon da? – Miri! Sie hatte es auch nicht länger im Bett ausgehalten. Als sie mich sah, legte sie den Finger vor den Mund. Ich sollte leise sein, damit Mo und Jessy nicht mitbekamen, dass wir bei Rieke waren.

Ich nickte nur stumm und dann teilten wir uns Rieke. Miri streichelte ihren Kopf, ich sie vom Hals bis zum Schwanz.

Geredet haben wir nichts. Aber ganz bestimmt dachten

wir beide dasselbe: Rieke *muss-muss-musste* wieder gesund werden! Unbedingt! Und wenn wir danach zehnmal am Tag mit ihr Gassi gehen mussten – kein Problem! Und das ganz ohne Streit. Vielleicht würden wir ja überhaupt nur noch zu zweit mit ihr gehen. Damit wir besser auf sie aufpassen konnten.

Fast eine ganze Stunde müssen wir so dagesessen haben. Bis auf einmal auch Mo und Jessy in den Flur kamen, um nach Rieke zu sehen. Und dazu das Licht einschalteten. Wie im Scheinwerferlicht saßen wir plötzlich da.

Miri wollte irgendeine Entschuldigung stammeln, Mo und Jessy hörten gar nicht zu. Bestimmt hatten sie uns längst gehört und gewusst, dass wir bei Rieke waren. »Wie geht's ihr denn?«, fragte Jessy so leise, als dürften wir Rieke beim Gesundwerden nicht stören.

Und da sagte ich ganz einfach: »Gut!« Weil ich *wollte,* dass es Rieke gut ging. In Wahrheit hatte ich keine Ahnung, wie es ihr ging. Musste sie denn inzwischen nicht schon halb verdurstet sein?

Jessy hob Riekes Kopf an, um ihr in die Augen sehen zu können.

»Ja«, flüsterte sie danach. »Sie blickt nicht mehr ganz so trübe.« Und dann seufzte sie so laut, als läge ihr irgendwas Schweres auf der Brust, und sagte nur noch: »Ach, wenn wir ihr doch bloß was zu trinken geben dürften! Bin ja selbst schon halb verdurstet, so sehr tut sie mir leid.«

Das hätten wir alle vier sagen können. Nur hätten wir

unseren »Durst« nicht mit Wasser oder Limo löschen können. Weil diese Sorte »Durst« von irgendwo ganz anders herkommt.

Wir haben dann doch noch ein bisschen geschlafen. Weil wir Rieke ja nicht helfen konnten. Wir konnten sie immer nur streicheln und trösten. Und das hat uns am Ende müde gemacht.

Trotzdem waren wir früh wach. Und was war das für ein Morgen! Ein supersupersupertoller Morgen war das! Alle vier liefen wir zu Rieke hin. Und das fast gleichzeitig. – Und da saß sie auf ihrer Hundedecke und sah uns mit blanken Augen an!

Hurra! Es ging ihr gut! Ging ihr wirklich gut!

Wieder ein Grund zum Heulen. Diesmal vor Freude. Und gleich lief Miri los, um Riekes Napf zu holen und ihn randvoll mit Wasser zu füllen.

Und dann trank Rieke.

Und trank.

Und trank.

Als wäre sie ein ganz tiefer, seit langer Zeit ausgetrockneter Brunnen, so schluckte, schlürfte und schlabberte sie das Wasser in sich hinein.

Ihr könnt es mir glauben: Über kein Geburtstags- oder Weihnachtsgeschenk, keine Ferienreise und kein Sonstwas habe ich mich so gefreut wie darüber, dass es Rieke endlich wieder besser ging.

Und jetzt?

Jetzt geben wir uns alle vier die größte Mühe, noch besser auf Rieke aufzupassen, wenn wir mit ihr Gassi gehen. Nur ist sie leider immer noch viel zu schnell für uns. Und so können wir nur hoffen, dass sie nicht wieder irgendwas frisst, das sie krank macht.

Und Dr. Kresses Ratschlag, Rieke öfter mal »was Stinkiges« zu fressen zu geben?

Mo kauft das Zeug jetzt wirklich ein und hat zuerst versucht, es ihr roh zu fressen zu geben. Aber roh mag Rieke diese Innereien nicht. Also werden sie nun gekocht. In einem ganz speziellen Rieke-Topf. Und Miri ist immer dabei, ganz egal ob ihr von dem Gestank schlecht wird oder nicht.

Besonders Pansen, da hatte Dr. Kresse recht, stinkt bestialisch. Kriegt Rieke Pansen zu fressen, verdrücke ich mich lieber. Das ist so ’n ekliges, grünliches Zeug aus dem Magen von Kühen, Ochsen oder Bullen. Schwer zu begreifen, wie so etwas schmecken kann. Rieke aber liebt Pansen. Davon könnte sie fressen, bis sie platzt.

Nur: Wenn das Zeug wenigstens helfen würde! Doch es ist ja noch immer nichts, was auf der Straße oder im Park herumliegt und zu ihr hochduftet, vor Riekes Schnauze sicher. Dagegen, echt, gibt’s kein Geheimrezept.

Ob Miri und ich nun öfter zu zweit mit Rieke Gassi gehen, weil wir ihr das versprochen haben, als sie so krank war?

Ich will ehrlich sein: Nein, eher nicht!

Hab ja noch anderes zu tun. Und Miri hat Mirko. Zwar ist sein Opa längst aus dem Krankenhaus entlassen, aber Mirko besucht seine Großeltern immer noch fast jeden Tag, um sich Jockel zu schnappen. Ist ja klar, warum, oder?

Auch bei uns war Mirko schon zu Besuch. Und Rieke hat ihn superfreudig begrüßt. Aber das vielleicht nur, weil er so schön nach Jockel gerochen hat.

Mit wem Rieke jetzt am liebsten geht? Mit mir oder mit Miri? Oder mit Miri, Mirko und Jockel?

Dreimal dürft ihr raten.

Klaus Kordon, geboren 1943 in Berlin, war Transport- und Lagerarbeiter, studierte Volkswirtschaft und machte als Exportkaufmann Reisen nach Afrika und Asien, insbesondere nach Indien. Heute lebt er als Schriftsteller in Berlin.
Bei Beltz & Gelberg erschienen zahlreiche seiner Bücher, darunter Kinderbücher wie *Brüder wie Freunde, Die Reise zur Wunderinsel, Kiko* und *Marija im Baum.* Kordons autobiographischer Roman *Krokodil im Nacken* wurde mit dem Deutschen Jugendliteraturpreis ausgezeichnet, genauso wie seine Biographie über Erich Kästner *Die Zeit ist kaputt.* Für sein Gesamtwerk erhielt er den Alex-Wedding-Preis der Akademie der Künste zu Berlin und Brandenburg, den Großen Preis der Deutschen Akademie für Kinder- und Jugendliteratur sowie den Sonderpreis des Deutschen Jugendliteraturpreises.

Lena Winkel, geboren 1993, aufgewachsen im Westerwald, lebt und arbeitet als Illustratorin in Hamburg. Sie studierte Illustration an der HAW Hamburg und in Paris und illustrierte bereits während ihres Studiums Kinderbücher, einige ihrer Arbeiten wurden für die Bologna Illustrator's Exhibition ausgewählt.